光文社文庫

長編時代小説

おしどり夫婦

研ぎ師人情始末(七)
決定版

稲葉　稔

光　文　社

※本書は、二〇〇八年四月に光文社文庫より刊行した作品を、文字を大きくしたうえでさらに著者が加筆修正したものです。

目次

尾張殿
市谷
早稲田村
江戸川
音羽
護国寺
至板橋宿
江戸川橋
大塚
巣鴨
赤城明神
御納戸町
石切橋
日光御成街道
神楽坂
若宮八幡宮
切支丹坂
御薬園
中山道
小日向馬場
牛込御門
番町
傳通院
小石川
田安御門
神明宮
白山
元飯田町
小石川御門
水戸徳川家
駒込
清水御門
春日町
水道橋
千駄木
神田川
本郷
道灌山
根津権現
霊雲寺
池之端七軒町
池之端仲町
福成寺
根津門前町
日暮里
神田明神
根津宮永町
不忍池
鍛冶町
昌平橋
湯島天神
湯島切通町
弁天
筋違御門
明神下
上野元黒門町
仁王門前町
根岸
谷中
東叡山
寛永寺
下谷広小路
内神田
和泉橋
外神田
神田佐久間町
佐久間河岸
下谷金杉町
御徒町
豊島町
新シ橋
下谷山崎町
向柳原
通塩町
柳原土手
左衛門河岸
三味線堀
広徳寺
下谷竜泉寺町
平右衛門町
幡随院
同朋町
横山町
両国広小路
元鳥越町
猿屋町
甚内橋
米沢町
浅草橋
茅町
阿部川町
新吉原
両国橋
柳橋
御蔵前片町代地
新堀川
日本堤
尾上町
駒留橋
大川
東本願寺
回向院
御米蔵
首尾の松
堀田原
浅草寺
日光道中
小塚原
亀沢町
御竹蔵
元旅籠町
奥山
浅草
山谷町
一ツ目之橋
御厩河岸之渡し
諏訪町
浅草広小路
雷門
浅草観音
二ツ目之橋
駒形町
新鳥越橋
山谷堀
南割下水
駒形堂
浅草
花川戸町
揚場
緑町
本所
竹町
中之郷
竹町之渡し
吾妻橋
今戸橋
今戸町
白鬚之渡し
源森橋
瓦町
中之郷
源森川
小梅村
三囲稲荷
向島墨堤
長命寺
木母寺
三ツ目之橋
北割下水
中之郷八軒町
大横川
法恩寺橋
寺島村
業平橋
亀戸村
小梅村
四ツ目之橋
押上村
天神橋
十間川
柳島村
亀戸天神

天現寺
渋谷川
今井谷
元赤坂町
四谷御門
伝馬町
平河町
麻布新町
善福寺
六本木
赤坂
氷川明神
四ノ橋
古川町
仙台坂
新網町
飯倉片町
市兵衛町
赤坂御門
麹町
溜池
三ノ橋
二ノ橋
一ノ橋
中之橋
千鳥ヶ淵
芝車町
赤羽橋
三田町
虎之御門
西之御丸
半蔵御門
至品川宿
増上寺
新シ橋
外桜田御門
雉子橋御門
一橋御門
和田倉御門
江戸城
南町奉行所
幸橋
土橋
金杉橋
芝
数寄屋橋御門
北町奉行所
神田橋御門
汐留橋
呉服橋御門
常盤橋御門
道三堀
三十間堀
銀座町
金杉川
濱御殿
数寄屋町
一石橋
本石町
今川橋
木挽町
京橋
本材木町
駿河町
西本願寺
白魚橋
日本橋
魚河岸
大伝馬町
楓川
江戸橋
八丁堀
弾正橋
組屋敷
八丁堀
海賊橋
東掘留川
亀島橋
日本橋川
小網町
照降町
葺屋町
菊之助の長屋
中之橋
霊岸橋
住吉町
竈河岸
亀島川
稲荷橋
難波町
一ノ橋
新川
箱崎橋
高橋
鉄炮洲
行徳河岸
高砂橋
佃島
霊岸島
二ノ橋
船番所
箱崎町
浜町堀
霊岸島銀町
箱崎川
石川島
大川端
永久橋
永代橋
熊井町
佐賀町
今川町
上之橋
万年橋
新大橋
江戸湊
黒江町
緑橋
万年町
海辺大工町
六間堀
大島町
油堀
材木町
弥勒寺橋
弥勒寺
永代寺
富岡橋
仙台堀
海辺橋
高橋
北森下町
越中島
蓬莱橋
富岡八幡宮
深川元町
小名木川
霊巌寺
三十三間堂
亀久橋
雲光院
深川
洲崎
新高橋
扇橋
猿江橋
御材木蔵
猿江町
西
北
東
0
1km

「おしどり夫婦　研ぎ師人情始末（七）」おもな登場人物

荒金菊之助……日本橋高砂町の源助店に住む研ぎ師。父親は八王子千人同心だった。

横山秀蔵……南町奉行所臨時廻り同心。菊之助の従兄弟。

次郎……最近、菊之助と同じ長屋に引っ越してきた箒売り。瀬戸物屋「備前屋」の次男。

志津……菊之助の妻。

江橋屋三衛門……浅草蔵前の札差。

音吉……江橋屋のひとり息子。

おてる……駿河町にある高級料理屋玉亭の仲居。

文吉……おてるの息子。

卯兵衛……高級料理屋玉亭の主。

石神助九郎……もと下野黒羽藩の郷士。浪人。

おしどり夫婦——〈研ぎ師人情始末〉㈦

第一章　憂鬱《ゆううつ》

一

それは文政《ぶんせい》七（一八二四）年の正月明け——家々の門松を取り払ってしばらく経った十四日の、木枯らしの吹く晩であった。

空に浮かぶ雲は、飛ぶように流れている。目の前の草木もそれに合わせて激しくなびいていた。場所は浅草《あさくさ》、妙亀山総泉寺《みょうきさんそうせんじ》西のうら寂《さび》れた畑と、雑木林の広がる一角。

櫟《くぬぎ》林のそばに、小さな地蔵堂があり、そこにひとりの男が立っていた。凍《い》てつく寒さに、たまらず足踏みをしている。男が体を動かすたびに、手に持った提灯《ちょうちん》の明かりがゆらゆら動く。男は浅草蔵前《くらまえ》の札差《ふださし》、江橋《えはし》屋三衛門《さんえもん》であった。

普段は旗本《はたもと》にも横柄《おうへい》な態度で金を貸す分限者《ぶげんしゃ》だが、今は威張《いば》ってなどいられない。心中は不安でいっぱいのはずだ。目に入れても痛くないと可愛がっていた倅《せがれ》の音吉《おときち》を何者かに連れ去られ、身代金《みのしろきん》を要求されているのである。

身代金は二百両。庶民の年収が多くても二十両ほどだから、約十年分の金額ということになるが、暴利を貪《むさぼ》る江橋屋にとってみれば、すぐに都合のつく金である。現に三衛門は音吉と引き替えの二百両を手にしている。

「それにしても、この寒さは勘弁してほしい」

小声でぼやいたのは、南町奉行所の臨時廻《りんじまわ》り同心《どうしん》・横山秀蔵《よこやまひでぞう》だった。きりっとした流麗《りゅうれい》な眉を常より吊り上げ、寒さに顔をしかめている。黒い襟巻《えりま》きを耳のあたりまで巻きつけていた。吐く息が暗闇のなかでも白い筒となるのがわかる。

秀蔵がそこにひそんでからもう半刻《はんとき》（一時間）がたっていた。手足の指先が痺《しび》れ、感覚をなくしそうになっていた。

だが、音吉を拐《かどわ》かした下手人を捕まえなければならない。秀蔵の目は四方に広がる闇の奥に配られている。また、まわりには手下の同心と捕り方が、息を殺して同じように下手人の登場を待っていた。

秀蔵は音吉が三衛門の手に戻ったそのとき、手下に合図を送り、一網打尽《いちもうだじん》に召し捕るつもりだった。肝腎《かんじん》なのは、下手人にこっちの気配を感じさせないことだ。そのためには、じっと息を殺しているしかなかった。

秀蔵はくしゃみを堪《こら》え、いやおうなしに出てくる鼻水を指先でぬぐい払った。

「くそ、もう約束の刻限は過ぎてるじゃねえか。野郎、早く現れろ」

手下のぼやきを代弁するようにつぶやく。

地蔵堂のそばにいる三衛門は落ち着きなく、うろうろしている。

秀蔵が、子供を攫《さら》われ身代金を要求されたという相談を受けたのは、その日の午後のことだった。

「旦那、折り入っての相談があります。突然の無礼はわかっておりますが、少しだけお暇をいただけませんか」

と、三衛門が店から飛び出してきたのは、小者《こもの》の寛二郎《かんじろう》を連れた秀蔵がちょうど浅草の見廻りを終え、帰途につこうとしているときだった。

「いかようなことだ」

「ここではちょっと申せませんので、どうぞこちらへお願いいたします」

と、三衛門は必死の形相《ぎょうそう》で蔵前の通りを窺《うかが》いながら、店のなかに秀蔵をいざなった。

札差は、旗本や御家人《ごけにん》が拝領する蔵米《くらまい》を預かり、売却して金に換え、その手数料で稼ぐのが本来である。しかし、いつの間にか切り米手形《きまいてがた》を担保に高利で金を融資して、荒稼ぎをする商人になっていた。さらに、旗本や御家人は札差のことを「蔵宿《くらやど》」と呼び、

「なに、いざとなったら蔵宿に話をつければいかようにもなろう」

と、一年二年先の手形を担保に金を借りるようになったから、始末が悪い。

町奉行所は彼ら札差の違法な高利と不正に目を光らせているが、札差は掛《かかり》の役人に袖の下を使って法の目をかいくぐっている。また、取り締まる役人のほうも、目こぼしをすることで私腹を肥やしていた。こういったことは見て見ぬふりをするという風潮があるので、御上からよほど厳しい達しが出ないかぎり咎《とが》めはない。

そのために札差は、自分たちに目を光らせる町方の役人には、平身低頭《へいしんていとう》で胡麻をするが、犯罪者の検挙に血道を上げる秀蔵ら取締方《とりしまりかた》には、醒《さ》めたところがあった。ゆえに、秀蔵は日頃から札差のことを快《こころよ》く思っていなかった。

それはともかく、三衛門の様子は尋常でなかった。気になって話を聞くと、

「なに、倅が拐かされ、二百両をよこせとな……」

「もし御番所《ごばんしょ》に知らせるようなことがあったら、音吉の命はないものと思えと、そのように。……これがその文《ふみ》でございます」

三衛門は泣きそうな顔で、下手人からの脅迫文を見せた。それに目を落とした秀蔵は、ぴくりと眉を動かして、

「取引は今夜ではないか」

と、三衛門に顔を戻した。

「さようです。音吉の命のことを考えて、おとなしく取引に応じようと考えていたんでございますが、いざということも考えて……御番所に相談したほうがいいのではないかと……」

そういって三右衛門は、そばに控える女房に同意を求めるようにうなずいた。

秀蔵は深く呻吟《しんぎん》するような顔になって考えた。幼い子供を拐かし、他人の金をかすめ取ろうとする不届き者を放っておくことはできない。だが、音吉の身を案ずれば、下手な動きはできなかった。しかも、もう時間がない。捕り物出役《でやく》をするには、あれこれと面倒な手続きが必要になり、右から左へというわけにもいかない。

「……わかった。おまえは相手の望み通り、今夜約束の場所に赴《おもむ》くのだ」

「ヘッ、それで旦那方は……」

三衛門は心許《こころもと》ない顔を向けてきた。

「細心の心配りをして曲者《くせもの》を取り押さえる。ともかく、音吉の命が大事だ。それを念頭に置いて動くことにする」

その後、細かい打ち合わせをして、秀蔵は町奉行所に帰るなり、手の空いている当番方と定町廻《じょうまちまわ》り同心をかき集めて、取引場所にやってきたのだった。

「いったいやつはどこから来るんでしょうか……」

そばに控えている寛二郎が声を震わせながらつぶやいた。

「さあ、どこから来るか……」

応じた秀蔵は包んだ手に息を吹きかけた。

闇に包まれた畑地に人影は見られない。来るとすれば右手の雑木林だろうが、そこにも人影の現れる様子はなかった。木枯らしが畑地の土埃《つちぼこり》を巻き上げ、雑木林を騒がせて吹き抜けていった。

地蔵堂のそばに立つ三衛門は相変わらず、おろおろとあたりを見まわしている。

三衛門は四十半ばの男であるが、音吉は五歳だった。なかなか子宝に恵まれず、やっと四十の坂を越えて出来た子である。子供に対する思いは相当なものだ。

「旦那、まさかあっしらの張り込みを悟られたんじゃないでしょうね」

寛二郎が襟《えり》を直しながらいう。

「……そんなことはないはずだ」

自信がなかった。町屋に近いといっても、このあたりは人気《ひとけ》がない。秀蔵が引き連れてきた捕り方は、自分を含めて都合八人。もし、曲者が物陰で目を光らせていたならば、見つかっているかもしれない。

秀蔵はそうでないことを祈り、唇を噛んだ。

ゴーンと、寺の鐘が空を渡っていった。五つ（午後八時）の鐘だった。冴《さ》え冴《ざ》えとした細い月が、叢雲《むらくも》に呑み込まれ、あたりの闇が一層濃さを増した。

ぎゃー。

突然の声に、びくっと肩を動かした秀蔵は、林のほうに目を向けた。

声は夜鴉《よがらす》であった。

二

男は丹前《たんぜん》にくるまって震えている音吉を、醒めきった目で眺めた。音吉はすっかり怯《おび》えた目で見返してくる。

古びた小屋は立て付けが悪く、さっきから板戸がカタカタと音を立てて身を刺すような隙間《すきま》風が入り込んできた。

「こうなったらしょうがないな」

男は小さくつぶやくと、一度ふうっと長い吐息《といき》をついた。それからゆっくりと、音吉に無表情な顔を戻した。音吉が足で地面を蹴るようにして下がる。敷かれている藁束《わらたば》が乾いた音を立てた。

「おれを恨むんじゃないぞ。恨むんだったら親を恨むことだ」

男は右手を音吉の首にあてがった。それからゆっくり体を起こし、もう一方の手も同じ首にあてがった。

音吉の目が恐怖に見開かれた。

「こっちを見るんじゃない」

そういった男は、自ら顔をそむけ、両の腕《かいな》にじんわりと力を込めていった。

「うっ……」

音吉が小さな声を漏らした。

男は両腕にさらなる体重をかけていった。音吉は両足をバタバタさせたが、男は力を緩《ゆる》めようとはしなかった。

ぎゃあー！

また、いびつな鴉の鳴き声が林の奥でした。

秀蔵はびくっと体を動かし、墨で塗りつぶしたような暗闇に目を凝《こ》らした。もしや、やつが来たのではないかと、息を殺したが、変化はなにもなかった。

すでに約束の刻限、六つ半（午後七時）から一刻《いっとき》（二時間）が過ぎている。曲者は来ないのではないか、自分たちの動きが知られたのではないかという不安が心のなかで揺らいでいた。

「どうされます？」

後方に控えていた当番方の平《ひら》同心がやってきた。秀蔵はその同心を厳しくにらんだ。

「誰が動いていいといった」

声は抑えているが、強い響きがあった。同心はとたんに顔をこわばらせた。それでも、約束の刻限から一刻以上過ぎているのはおかしいという。

「いわれずともわかってる。控えていろ」

不機嫌にいって手下の同心を下がらせた秀蔵は、再び闇のなかに目を凝《こ》らした。体温が奪われ、足の指の感覚はほとんどなくなっていた。このまま夜を過ごすつもりはないが、もう半刻は待つべきだと辛抱した。

だが、その半刻が過ぎても周囲には何の変化もなかった。寒さが厳しくなり、風がさらに強まったぐらいである。

ついに痺《しび》れを切らした秀蔵は、引きあげることにした。手下に梟《ふくろう》の鳴き真似をさせ、三衛門に合図を送った。それと気付いた三衛門が秀蔵のいるあたりに目を向け、それからあきらめたように力ない足取りで地蔵堂の前を離れた。

秀蔵らも周囲に十分な注意を払いながら持ち場を離れた。三衛門と落ち合ったのは、浅草今戸町《いまどちょう》の町屋に入ってからである。

町屋といっても夜分であるし、寒い晩であるから、どの家も戸締まりを厳重にしており、明かりをこぼしている家は少ない。通りにも人影は見られなかった。

寒さに耐える一行は口を閉ざし、足取りも重かった。江戸の空を笛のような音を立てながら、風が吹き渡っていた。

商家の板戸が激しく揺れ、がたぴしと音を立てている。犬の鳴き声に、梟の声が混じった。往還《おうかん》の土埃が風にさらわれ、秀蔵の顔に吹きつけてきた。

「音吉はどうなったんでございましょう」

提灯を持つ三衛門が今にも泣きそうな声を漏らした。

「……曲者は様子を見たのかもしれぬ」

秀蔵はその可能性もあると思っていたが、言葉には気休めも混じっていた。ただ最悪の事態が起こらないことを祈るばかりである。

今戸橋を渡った一行は、ただひたすら浅草御門《ごもん》に向かう道を歩きつづけた。御《お》蔵前《くらまえ》通りに着いたときには四つ半（午後十一時）近かった。

この通りも閑散としていた。江橋屋は御米蔵・中之《なかの》御門に近い浅草森田町《もりたちょう》にあった。

「いかがすればよろしいんでございましょう」

店の前で立ち止まった三衛門が、救いを求める顔を向けてきた。

「ともかく今夜は何も起こらなかった。明日まで様子を見るしかない。賊は音吉がほしいのではない。金がめあてなのだ。滅多《めった》なことはすまい」

「大丈夫でございましょうか……」

「慌《あわ》てたところで音吉が帰ってくるわけではない。賊は必ずやつぎの指示をよこしてくるはずだ。それを待つしかない」

秀蔵がそういったとき、店の脇戸ががらりと開き、三衛門の女房・お定《さだ》の顔がのぞいた。髪が乱れており、目が泣いているように見えた。その顔はあわい提灯の明かりに染められていた。

「あんた」

そういったお定の口がわなわなと震えた。

「どうした？」

「こ、これを……」

お定はよろけるようにして歩いてくると、一枚の紙を三衛門に渡した。提灯をかざしてその紙を読む三衛門の顔色がみるみる変わり、手が震えだした。

「いかがした」

「こ、これを……」

秀蔵は紙を受け取って、目を落とした。

〈約束を違えたな江橋屋。裏切りやがって。おれを甘く見たのが運のつきだ。音吉はおれの手によって長い旅に送ってやった。後悔先に立たずとはまったくこのことよ〉

読み終えた秀蔵は愕然《がくぜん》となった。これは自分の失態である。どこかで自分たちの動きを見られたのだ。

「おかみ、この文はいつ届けられた？」

「半刻ほど前です。裏の勝手口に何かがぶつかる音がして、それで出てみますと、棒切れに結ばれたこの文が……」

「投げ入れたやつの姿は見なかったか？」

お定は怯えたように首を振って、

「長い旅に送ってやったというのはどういうことでしょうか？」

「……」

秀蔵には返す言葉がなかった。

「殺されたということでございましょうか、音吉が、音吉が。そんなことはないといってくださいまし！」

お定は金切《かなき》り声を上げて、その場にくずおれた。

「お定……」

三衛門がお定の腕を取って立ち上がらせた。お定は肩を震わせ、しゃくり上げていた。

「……また曲者から何らかの知らせがあるかもしれぬ。それを待つしかない」

秀蔵にいえるのはそれだけであった。

ひときわ強い寒風が通りを吹き抜けていった。

三

高砂町《たかさごちょう》にある源助店《げんすけだな》と呼ばれる裏長屋は、明るい陽光に包まれていた。昨日はひどい木枯らしが吹いていたが、風が雲を払ったらしく真っ青な空が広がっていた。雪を被《かぶ》り白銀《しろがね》に輝く富士も、くっきり見えている。

荒金菊之助《あらがねきくのすけ》は朝早く仕事場となっている北側筋の一間《ひとま》に入り、包丁研ぎに精を出していた。常になく忙しいのは、得意先に年始の挨拶《あいさつ》に行くたびに注文を受けたからであった。年明け早々仕事が増えて幸先《さいさき》がよいのではあるが、どの店も仕上がりを急かすものだから、菊之助はのんびりしていられなかった。

戸口の横には、妻のお志津《しづ》が作ってくれた看板が掛けられている。

看板には「御研ぎ物」と大書《たいしょ》された脇に、「御槍　薙刀《なぎなた》　御腰の物御免蒙《こうむ》る」

という添え書きがある。

蒲《がま》の敷物に座った菊之助のまわりには注文の包丁と水盥《みずだらい》や半挿《はんぞう》、そして荒砥《あらと》から仕上げまでに使われる種々の砥石が置かれている。熱心に研ぎ仕事に精を出す菊之助の脇にある丸火鉢には、鉄瓶《てつびん》が置かれていて、口から湯気を出している。

菊之助は仕上げの終わった蛸《たこ》引《ひ》き包丁についた研ぎ汁を水ですすぎ、乾いた布で拭《ふ》き取ると、それを光にかざして、研ぎ目を食い入るように見、それから親指の腹を刃にあてた。それだけで仕上がりの善し悪しがわかる。

研ぎは上々の出来であった。刃と柄《え》をきれいに拭くと、真っさらの晒《さらし》に包んで仕上がった包丁の山に丁寧に重ねた。朝から根《こん》を詰めていたので、いつもより捗《はかど》っていた。

「やれやれ……」

肩と腰を交互に叩き、湯気を噴き出している鉄瓶の湯を急須に入れて茶を淹《い》れた。お志津の買ってくる茶はいい香りがするし、味もよい。

菊之助はその味を堪能《たんのう》するようにゆっくり飲んだ。腰高障子《こしだかしょうじ》越しのあわい光が仕事場に満ちていた。表で母親とやり取りする子供の声が聞こえていた。母親は子供を叱りつけており、しばらくすると、ぱたぱたと路地を駆けてゆく子供の足音がした。

「こら、待ちな!」

逃げる子供に母親の叱咤《しった》の声が飛んだが、すぐぼやきに変わった。

「まったく、誰に似ちまったんだろうね。ほんとに……」

茶を飲んだ菊之助は、これから研ぐ注文の包丁を手に取った。刃こぼれがしていたので、刃先を整える必要がある。目の粗い砥石を膝許《ひざもと》に置くと、刃をつぶす作業にかかった。腰高障子に人の影が映り込み、声がしたのはすぐだった。

「ごめんくださいませ」

障子の影で女だとわかっていたが、ずいぶん品のよい声だった。

「どうぞ。開いてるからお入りください」

「失礼いたします」

といって入ってきたのは、二十歳《はたち》ぐらいの若い女だった。色は少し黒いが、目鼻立ちのすっきりしている美人だ。

「駿河町《するがちょう》の玉亭《ぎょくてい》からやってまいりました。研ぎをお願いしたいのですが……」

女は遠慮がちな声でいった。

玉亭は有名な高級料理屋だった。菊之助も一度は入りたいと思うが、二、三百文《もん》で気軽に飲み食いできる店ではなく、安くても二朱《しゅ》、満足するなら一分《ぶ》はいるといわれる料理屋だった。

それよりも、菊之助は目の前に立つ女の顔を見て驚いていた。もしや、おまさではないかと思ったのだ。

「玉亭さんの注文を受けるとは……」

菊之助は女から包丁を受け取った。蛸引きの刺身包丁三本だった。それは白手拭いで、丁寧に包んであった。

「いい包丁だな。見ただけで料理人の腕がわかる」

「……店の旦那さんが、荒金さんは江戸一の研ぎ師だから、以前から一度お願いしたかったと、申しておりました」

「そりゃあ、ずいぶん買い被《かぶ》られてしまったな」

微苦笑を返す菊之助は、まじまじと女を見た。

「何か、わたしの顔に……？」

女が首をかしげながら澄んだ黒い瞳を向けてくる。

美人ではあるが、憂いを感じさせる顔だ。

「いや、なんでもない。それで仕上げは？」

「はい、それが急ぎなのですが、明後日《あさって》には出来ますでしょうか？」

「明後日でしたら造作《ぞうさ》ありません。仕上がったらお届けに上がりましょう。どうぞ主《あるじ》によろしくお伝えください」

「それじゃ、よろしくお願いいたします」

女は丁寧に辞儀《じぎ》をして出て行こうとした。

「もし……」

声をかけると、女が振り返った。

「名は何とおっしゃいますか？」

女は一瞬きょとんとしたが、

「おてると申します」

「……おてるさん。そうですか。あ、いや注文はしっかり承《うけたまわ》りましたよ」

おてるは今度こそ、仕事場を出て行った。

だが、菊之助はおてるが閉めた腰高障子を見つめていた。

あれは、おまさではないか……。

口の下にある小さな黒子《ほくろ》。あの澄んだ黒い瞳。どうも似ているような気がする。

しかし、あれから何年たっているのだ。菊之助は指を折って数えた。

もう、八年か。あのときおまさは、十二歳だった。すると二十歳になっているはずだ。だが、さっきのおてるはそれより上に見えたが、あの口許の小さな黒子……。

おまさに初めて会ったのは、菊之助が八王子《はちおうじ》の藤原《ふじわら》道場で師範代を務めているころだった。当時、菊之助は道場主の藤原又衛門《またえもん》の娘との縁談を勧められており、困っていた。娘が嫌いというわけではないが、特に好みでもなかったし、嫁を取る気もなかったので、半ば押しつけともいえる身勝手な縁談話に辟易《へきえき》としていたのだった。結局、逃げるように道場をやめてしまったのだが、おまさに会ったのは、まさにそのころだった。

それは蟬《せみ》が鳴きはじめた初夏であった。道場の帰りに、浅川《あさかわ》に架かる橋を渡ってしばらく行ったとき、脇道で子供の泣き声がした。

「いやだ、いやだ！　離して！」

新緑の林の奥から悲鳴に近い声が聞こえ、それに威嚇《いかく》する男の声が重なった。

「騒ぐんじゃねえよ。怖いことなんかありゃしねえんだから」

菊之助は眉を動かして立ち止まると、声のするほうに目を向けた。すると、林の奥から幼い娘の襟をしっかりつかんで、狭い往還《おうかん》に出てきた二人の浪人がいた。

浪人のひとりがじろりと菊之助を見たが、娘は怯《おび》え顔でしくしく泣いていた。

「待たれよ。その娘は貴公らとどんな関わりがあるのだ」

背を向けていた二人の浪人はすぐに菊之助を振り返り、

「おめえさんには関係のねえこと。下手な口出しは無用だ。おい、行くぞ」

ひとりが剣呑《けんのん》な目を向けてきて、相棒に顎《あご》をしゃくった。

「いやだ。助けて、攫われる。行きたくない、助けて！」

襟をつかまれている娘ははっきりそう叫んだ。とたん、浪人のひとりが、

「うるせえッ。おとなしくしねえか」

と怒鳴るなり、娘の腹を打ち、気絶させた。

菊之助はかっと目を見開くや、

「おぬしら人攫いではないか。その子を離せ」

と、刀の柄《つか》に手をかけた。

「けっ。妙なやつに会っちまったな。仕方ねえ……」

娘を道の脇に寝かせた浪人は、そういうなり抜き打ちざまにかかってきた。だが、菊之助はわずかに身をそらしただけで、その一撃をかわすや刀を鞘走《さやばし》らせて、相手の後ろ首を棟《むね》で打ち叩いた。

「うッ……」

相手はあっけなくその場に倒れた。もうひとりは菊之助の早業《はやわざ》に驚いたのか、目を血走らせて打ちかかってきた。

「野郎、舐めたことを……」

連日、稽古に余念のなかった菊之助には、その斬撃《ざんげき》はひどくのろく見えた。相手は脇構《わきがま》えから右左と交互に攻撃してきたが、菊之助は肩を軽く動かすだけでかわし、相手の胴ががら空きになったところへ、柄頭《つかがしら》を思い切り叩き込んでやった。

「ぐへっ……」

浪人はあっけなく膝からくずおれ、そのまま万歳の恰好《かっこう》で道に倒れた。菊之助はすぐに気絶していた娘に気を入れてやり事情を聞いた。すると、母親とはぐれてしまい、二人の浪人に攫われそうになったのだといった。

「おっかさんとはぐれたのはどこだ」

要領は得なかったが、あまり遠くない茶店の近くだったらしい。

娘の名はおまさといい、口許にある小さな黒子が印象的だった。また、疲れている娘を背負ったとき、その右手首に火傷《やけど》の痕《あと》があるのに気付いた。おまさは、火鉢で遊んでいるときに火傷をしたといった。

半刻ほどかけていくつかの茶店をまわると、吹上《ふきあげ》という地にある葦簀《よしず》張《ば》りの茶店前に娘の母親が心配そうに立っていた。

母親は恐縮《きようしゆく》して何度も礼をいい、これから江戸に向かう途中だと話した。なんでも大月《おおつき》から江戸にいる父親に会いに行く途中だったらしい。

「道中は長い。また不届きな浪人がいるかもしれぬ。近ごろ、人買いがうろついているという噂がある。さっきの二人がそうだったかもしれぬが、気をつけてまいられよ」

菊之助は母娘を気遣った。

そうだ。右手首に火傷痕があれば、あれはおまさに違いない……。

我に返った菊之助は胸の内で小さくつぶやいた。商家に奉公に出て名を変えることはめずらしくない。きっとそうではないかと思った。

今度会ったら訊《たず》ねてみようかと、さっきそこに立っていたおてるの顔を思いだした。しかし、それは翳《かげ》を引きずったような暗い憂い顔であった。

四

「もし、そうでしたら、何かの縁でしょうね」

菊之助からおまさのことを聞いたお志津はそういって、夕餉《ゆうげ》の片づけをはじめた。

「縁といっても単に不逞《ふてい》の輩《やから》から救ってやっただけだ。おまさの母親の顔も忘れているし、あのときのおまさの顔もそのじつはっきりとは思い出せない」

「でも菊さん、わたしは案外そうだと思いますわ。きっとそのときの女の子ですよ。人の記憶は思いの外《ほか》しっかりしているといいます」

「すると、やはりおまさなのだろうか……」

菊之助は湯呑みをつかんだまま遠い目になって、その日仕事場を訪ねてきたおてると名乗る女の顔を思い浮かべた。

「玉亭といったら一流ですから、奉公したくてもなかなか入れない店ではありませんか。その方がおまささんなら、ちょっとした出世と考えることもできますわね」

お志津は台所で洗い物をしながらいう。

「……出世といえば、そうかもしれないな」

独《ひと》りごちる菊之助は、自分は出世とは縁のない男だと、胸の内でぼやいた。たしかにお志津がいうように、おまさであるならば、幸せになったというべきだろう。しかし、あの暗い面差《おもざ》しが気になった。

それからしばらくして次郎《じろう》が訪ねてきた。同じ長屋に住む箒《ほうき》売りの若者だが、今は菊之助の仲介があって南町奉行所の同心・横山秀蔵の手先となっている。

「いやあ、大変なことになっていますよ」

次郎はずかずかと居間に上がり込んでくるなり、そんなことをいった。

「大変だって、何が大変なんだ」

「横山の旦那です。滅入《めい》っているっていうか、塞《ふさ》ぎ込んでいるというか、あんな旦那を見たのは初めてです」

「……それは心配ね、どうなさったのかしら?」

お志津が次郎に茶を差し出しながら怪訝《けげん》そうな顔をした。

「旦那は気に病《や》んでるんですよ」

「気に病んでる……？　やつがか……そりゃまた、めずらしいことだ」

菊之助はさして気にするふうもなくいった。秀蔵とは従兄弟《いとこ》の間柄で幼馴染《おさななじ》みでもある。秀蔵のことならおおよその見当はつく。

「別に横山の旦那が悪いわけじゃないんですがね」

次郎はそういってから、先日、御蔵前の札差・江橋屋のひとり息子が誘拐され、身代金を要求された一連の話をした。

「それじゃ、音吉はまだ見つかっていないのか？」

菊之助は話を聞き終えると、まじまじと次郎の顔を眺めた。

「投げ文には長い旅路に送り出したとかなんとか、そんなことが書かれていたらしくてですね。もし、音吉が殺されているようなことがあれば、おれの責任だと、旦那はそりゃ深刻な顔をするんです」

「……その後、下手人からは何もいってこないのか？」

「なしのつぶてということです」

次郎は頭を振りながらいった。

「だからといって秀蔵はじっとしているわけではないだろう」

「そりゃもう、音吉を連れ去った野郎を血眼《ちまなこ》になって捜していますよ。おいらもその手伝いに駆り出されてんですが、さっぱり尻尾《しっぽ》がつかめないんです」

「……投げ文に書かれていたことは気になるが、だからといって音吉が殺されたと決めつけるのも早いだろう」

「みんな、そうであることを祈っちゃいるんですが……」

次郎は湯呑みに視線を落とした。

菊之助はお志津と顔を見合わせて、ふむと、うなった。

「菊さんも手伝ってもらえませんかねえ」

顔を上げた次郎が見つめてきた。すっかり日に焼けた顔をしているが、目鼻立ちは整っているほうだ。

「……手伝いか……やぶさかではないが、頼まれもしないのに勝手に動けば秀蔵の迷惑になるかもしれぬ」

「だったら、菊さんが手伝ってもいいといっていたと、旦那に伝えてもいいんですか？」

次郎はきらきらと目を輝かせる。

「いいも悪いもない。困っているなら、やつのほうから声をかけてくるはずだ。なにもこっちから願い出ることではない。それにあの男は、へそ曲がりなところがあるから、おれのほうから声をかければ、断るかもしれぬ」

「それじゃ駄目ってことですか？」

次郎は眉尻を下げて落胆のため息をつく。

「駄目ということではないが、それは秀蔵が決めることだ。町方の仕事に素人《しろうと》が下手に首を突っ込めば、かえって調べの邪魔になる」

「菊さんは素人とはいえませんよ」

「そんなことはない」

「だって、これまでもいろいろ片づけたじゃないですか」

「たまたまそういうことがあっただけだ。とにかくおれが勝手にしゃしゃり出るのはよくない」

「そんなものかな……」

次郎は口を蛸のようにしてむくれ顔になった。

「そうね、次郎ちゃん。こんなことというと冷たく思われるかもしれないけれど、菊さんの言う通りだと思うわ。音吉ちゃんのことは気になるけれど、無闇に首を突っ込んだばかりに悪いほうに転がったら、やはり迷惑をかけることになるでしょ」

お志津が諭《さと》すようにいうと、次郎はしぶしぶわかったというような顔をした。

菊之助が玉亭から預かった包丁を仕上げたのは、約束の日の昼前だった。たまには外で昼飯をすまそうと思った菊之助は一度家に戻って、

「今日は注文の品を納めに行くついでに飯は外ですますことにする」

と、お志津に声をかけて長屋を出た。

仕事場も同じ長屋にあるが、住まいにしているのは、もともとお志津が借りていた日当たりのよい南側筋だった。こちらは風通しもよく、部屋も二間あった。

表に出た菊之助はすがすがしい空気を胸いっぱい吸い込んだ。今日も天気がよい。それに陽気が日に日によくなっているようで、幾分寒さもやわらいでいた。

小舟町《こぶなちょう》と伊勢町《いせちょう》を渡す中之橋《なかのはし》を渡り、瀬戸物町《せとものちょう》に入ると、あとは玉亭のある駿河町までは一本道だ。その通りの先には、千代田城の偉容が見え、城の背後に白銀に輝く富士の霊峰を見ることができた。

その壮観《そうかん》な構図を見れば、立ち止まらずにはおれない。駿河町の両側に店を構える越後《えちご》屋の暖簾《のれん》と富士を背景にした絵は、のちの歌川広重《うたがわひろしげ》の作品にも見られる。

玉亭はその越後屋から半町《ちょう》（約五五メートル）ほど先に行ったところにあった。夜商いの店だから暖簾は上がっていなかったが、表の戸は風入れのために開

けられていた。

大きな店ではないが、土間に入った左手が小上がりになっており、右側は小座敷になっているようだった。畳には塵《ちり》ひとつ落ちておらず、柱や床はまぶしく磨き込まれており、小上がりの壁に薄桃色の椿《つばき》の一輪挿《ざ》し、小座敷には水仙《すいせん》が飾られていた。さりげない生け花だが、静寂な店内に落ち着きを醸《かも》している。

「ごめんくださいまし」

店を探るように見た菊之助は、職人言葉になって声をかけた。店の奥から下駄音がして目隠しの暖簾が撥《は》ね上げられると、先日訪ねてきたおてるが顔を出した。

「約束通り仕上がりましたのでお持ちいたしました」

「それはご丁寧にお運びをいただきまして」

おてるは礼儀正しく辞儀《じぎ》をして、菊之助の差し出す包丁を受け取った。そのとき、菊之助は袖からのぞいたおてるの右手首の火傷痕を見逃さなかった。

やはりそうだったか……。

心中でつぶやき、もう一度おてるの顔をまじまじと眺めた。

「……何か？」

おてるは訝《いぶか》しげに首をかしげた。

「わたしに覚えはありませんか？」

思わず聞いてみたが、おてるはやはり首をかしげて、

「どこかでお会いしましたでしょうか？」

と、目をしばたたく。

「……いや、あなたに似ている人がいまして、何となく聞いたまでです」

菊之助は変に過去を穿鑿《せんさく》するのはよくないだろうと思って取り繕《つくろ》った。

「仕上がりは上々だと思いますが、あらためてもらったほうがよいと思いますが……」

「そうですね。それじゃ、少しお待ちくださいまし」

おてるは包丁を持って奥に引っ込んだ。

菊之助はわずかに胸を高鳴らせていた。あんなに怖がって泣いていたあどけない少女が、立派な大人に変貌《へんぼう》していたのが嬉しいからであった。しばらくして、玉亭の主がやってきた。

「噂通りでございました」

主は顔を見せるなり、開口一番にいった。福々《ふくぶく》しくて、つややかな顔をした中年の男だった。総身《そうみ》に料理人としての風格が感じられる。

「見事な仕上げでございます。手前も長い間研いでおりますが、あれだけの研ぎは滅多にできるものではございません。これからも頼みたいと思いますので、どうかよろしくお願いいたします」

主は腰が低い。

「こちらこそお願いいたします」

菊之助も職人らしく丁重な辞儀を返した。

「申し遅れましたが、わたしが玉亭当主の卯兵衛《うへえ》でございます」

「一流店からのご注文に恐縮している次第です」

それから短い世間話をして菊之助は玉亭を出た。

あの主のもとにいるならおまさ、いやおてるは安心であろうと、戻りながら思う菊之助であった。何だかいつになく晴れ晴れとした気分になっていた。人の幸せを見るというのは嬉しいことである。

五

おてるは店から歩いてほどない十軒店《じっけんだな》にある長屋住まいだった。この町は人形作りが盛んで、同業者の店がひしめき、暮れには羽子板《はごいた》や破魔矢《はまや》の市《いち》が立ってにぎわう。軒《のき》をつらねている店には、雛《ひな》人形や五月人形などが陳列されていて、人の目を和《なご》ませてくれる。

住まいを仲介してくれたのは、玉亭の主・卯兵衛で、

「子供にも悪くないと思うんだよ。それに人のいい職人たちが多いので、きっと文吉《ぶんきち》も馴染んでくれるはずだ」

と、おてるにいった通り、今年五歳になる文吉も、そんな町を気に入っている様子だった。その日、おてるが長屋の木戸をくぐったのは、六つ半（午後七時）とまだ早い刻限だった。

卯兵衛は子持ちのおてるを気遣い、店が忙しくないときは早く帰してくれる。その代わり、おてるは朝のうちに店に出、掃除に片づけ、仕込みの手伝いや使い仕事をこなしていた。どうしても店が忙しくて手が離せないときには、文吉を店に呼び、帳場横の部屋で遊ばせておくようにしていた。これも卯兵衛の気遣いだった。

長屋の路地は暗いが、家々の戸障子にはあわい明かりがあり、家族の楽しげな声が漏れ聞こえていた。

「文吉、帰ったよ」

おてるは腰高障子を開けるなり声をかけたが、その顔がにわかにこわばった。

居間に文吉と半兵衛《はんべえ》がいたからだった。

酒を飲んでいた半兵衛はにたついた顔を向けてきた。

「早かったじゃねえか。遅いんじゃねえかと思って、文吉の面倒を見ていたところだ」

「ど、どうしてここが……？」

「何をいってやがる。おれはおまえのことならすぐに調べがつくのさ。それにしても、いい暮らしをしてるじゃねえか。聞けば玉亭などという一流料理屋に勤めているんだってな。たいしたもんだ」

「おじさんにお土産《みやげ》もらったよ」

何も知らない文吉はにこにこ顔で、竹筒に紙を詰めて押し出す紙鉄砲を楽しそうに弄《もてあそ》んでいた。

「帰ってもらえますか」

おてるは半兵衛を無表情に見ながらいった。

「おいおい、久しぶりに会ったというのにずいぶんな挨拶《あいさつ》じゃねえか」

「いったい何の用です？」

「何の用……？」

半兵衛は顎をつるりと撫《な》でた。

「ま、いい。文吉の前じゃ話もできめえ。それじゃ表までちょいと付き合ってくれねえか。なに、どうこうしようってわけじゃねえ」

半兵衛は腰を上げた。おてるはどうしようか迷ったが、話を聞かなければ半兵衛が帰らないのはわかっている。

「文吉、すぐに帰ってくるから待っておくれ。ご飯はそれからすぐに作るから」

「すぐ帰ってくるんだね」

文吉は紙鉄砲をいじりながら無邪気な顔を向けてくる。

おてるは先に立って、半兵衛を長屋の表にうながした。近所の人に見られたくないと思ったが、さいわいその気配はなかった。

「何の話です？」

表通りに出たおてるは歩きながら訊ねた。半兵衛が横に並んできた。

「なに簡単なことだ」

「……」

「金を都合してもらいたいんだ」

こわばっていたおてるの顔がますます硬くなった。

「女手ひとつで子供を育てているんですよ。そのことをわかっていってるの？」

「そんなこたあ百も承知だ。だが、そこをなんとかお願いできねえかという相談なんだよ」

「……いくらです？」

「二十両」

おてるは笑いたくなった。二十両はおてるの一年の収入より多い。

「人を見ていってくださいな。どこにそんな大金があると思うんです。料理屋の仲居の給金がいくらだか、見当はつくでしょうに……無理をいわないでくださいまし」

「無理だと……。おい、おれはべらぼうをいってるんじゃねえぜ。おまえだったらすぐに都合できるだろうと思うから、こうやって相談に来てるんだ」

「何が相談ですか」

おてるは少しきつくいった。

「おれを甘く見るんじゃねえぜ。二十両で何もかも忘れてやるといっているんだ。安いもんじゃねえか。そうは思わないか……」

おてるは立ち止まることなく歩きつづけた。通りには夜商いの居酒屋や小料理屋の明かりが漏れていた。空には寒々しい弓張月《ゆみはりづき》が浮かんでいる。

「無理です。逆立ちしたってそんな金は都合できません」

そういったおてるは、急に立ち止まると、懐に手を入れて財布をつかみだした。中身は高《たか》がしれている。その財布を突き出すようにして、半兵衛の胸に押しつけた。

「これで勘弁してください」

財布をつかんだ半兵衛がじっとおてるを見て、それから財布の中身をたしかめた。チッと、舌打ちをする。

「おれを舐めてんじゃねえだろうな。二十両都合してくれりゃ、何もかも目をつぶり二度と現れないと約束するつもりなんだ」

「……」

おてるはにらむように半兵衛を見た。

「それができなきゃ、おまえの昔のことを表沙汰《おもてざた》にしてやってもいい。そうなりゃ、今の暮らしも台無しになるんじゃねえか。せっかくつかんだ幸せを、ふいにしてもいいっていうんなら、そうしてもいいんだぜ。ふふふ」

「帰って」

おてるは気丈《きじょう》にいった。

「帰ってください。二度とわたしの前に顔を出さないでください」

吐き捨てるようにいったおてるは、そのまま半兵衛に背を向けて、来た道を戻りはじめた。

「おれはあきらめねえぜ」

背中に半兵衛の声がかかった。

六

秀蔵は憂鬱《ゆううつ》な日々を送っていた。

江橋屋なんぞに……。

声をかけられたばかりにという言葉は打ち消して、曇天の空を見上げた。雲間からかすかな日の光が漏れているだけだ。そんな陰鬱《いんうつ》な空を、鳶《とんび》が優雅に舞って笛のような声を降らしている。

鳥越川《とりごえ》に架かる橋の上に佇《たたず》む秀蔵は、重苦しいため息を漏らして、表情を厳しくした。心を引き締めるためであるが、やはりいつになく気合いが入らないのが自分でもわかる。

「旦那……」

付き従っている小者の寛二郎が心配そうな声をかけてきた。秀蔵は、うむと、うなずいただけで足を進めた。そのまま御蔵前の通りを歩き、江橋屋の前で足を止めた。すでに暖簾は掛かっており、奉公人らの姿もある。

暖簾をくぐると、土間に米俵を積んでいた奉公人が、ものもいわずひょいと腰を折って挨拶をした。秀蔵もあえて言葉を発せず、帳場に目を向ける。それと気付いた番頭が会釈をして奥に立っていった。

上がり框《かまち》に腰をおろそうとすると、さっきの番頭が戻ってきて、どうぞお上がりくださいと勧める。秀蔵は寛二郎に待っているようにいって、番頭のあとについて奥の一間に入った。

江橋屋三衛門が冴えない顔で火鉢の前に座っていた。形ばかりの挨拶をすると、

「それでいかがでございましょうか……」

と、不安でいっぱいの顔を向けてきた。

「手は尽くしているが……」

秀蔵は首を振った。襖《ふすま》が静かに開き、女房のお定が茶を運んできた。秀蔵の膝許に茶托《ちゃたく》に載せられた湯呑みが差し出された。

「この店をやめていった奉公人にはほとんどあたりをつけているが、引っかかるものはいない。また、その方から聞いた恨みを抱いていそうなもの然《しか》りだ」

「それじゃいったい、誰がこのようなことを……」

お定がすがるような、そしてどこか咎めるような目で見てくる。秀蔵は真正面からその視線を受け止めた。

「まったくこの店とは関係のないものの仕業《しわざ》とも考えられる。むしろ、そうかもしれない」

「それじゃ行き当たりばったりに、うちの音吉が目をつけられたと、そうお考えなのですか」

「ないとはいい切れぬ。無論、この店のことを少なからず知っておらねばならぬが、まったく手がかりをつかむことができぬのだ」

三衛門とお定は、ふうと、深いため息を同時についた。

「音吉の行方も杳《よう》として知れずだ。先日の取引場所になった近辺は洗うだけ洗ってあるが、いまだ何もつかめぬままだ」

秀蔵もため息をつきたくなったが、ぐっと堪えた。

「それより下手人から、何か知らせはないか」

夫婦は揃《そろ》ってかぶりを振った。

「……何もないか」

「何もございません……旦那、どうすればよろしいんでしょうか。あの晩、わたしはやはりひとりで行くべきでした。そうすれば音吉は帰ってきたかもしれません。二百両など潔《いさぎよ》くくれてやればよかった。くっ」

唇を嚙む三衛門は膝に拳《こぶし》を打ちつけた。

秀蔵は自分が責められているような気がした。自分が捕り方を配したばかりに、相手に気取《けど》られてしまい、失敗したのだと。……だが、どうすればよかったではないかというのだ。そんなことをいうなら、おれに話を持ちかけなければよかったといいかと、いい返したくなるが、自分の役目を考えれば口にすべきことではなかった。

「ともかく調べはつづけている。あきらめず、粘り強くやっているから、そちらも気持ちをしっかり持っていてもらいたい」

そういうのが精いっぱいであるが、ある種の気休めでもあった。

「ともかく、音吉をなんとかお願いいたします」

「お願いいたします」

夫にならってお定も額を畳にすりつけた。

「やれるだけのことはやる。今はそれしかいえぬ」

秀蔵は江橋屋を出ると、その足で先日の取引現場に足を向けた。

「また、あそこへ……」

後ろからついてくる寛二郎が辟易気味の声を漏らした。もう三度も行っている場所であるが、手がかりは何もつかめていない。それでも秀蔵の足はそっちに向くのである。

秀蔵は総泉寺の脇を通って、例の地蔵堂のそばに立った。

風景は荒涼《こうりよう》としている。痩《や》せた畑のなかを畝《うね》や野路《のじ》が、寂れた林に延びていた。背後の雑木林がさわさわと風に揺れている。林の奥で百舌《もず》や鵯《ひよどり》がさかんに鳴いていた。曇天の空から漏れる光は弱いが、なぜかまぶしかった。

秀蔵は足許の地面を踏みしめながらゆっくり歩いた。ときおり吹きつけてくる風が小袖の裾《すそ》をひるがえし、鬢《びん》のほつれを揺らした。

凛《りん》と背筋を伸ばした秀蔵は、顔を上げて周囲を見まわす。何の変化もないし、変わり映えのしない風景が目に映るだけだった。

「ほんとに、江橋屋には何の縁《ゆかり》もないやつの仕業かもしれねえ」

秀蔵は眉間《みけん》にしわを彫ってつぶやいた。

「そうなると下手人捜しは大変ですね」

寛二郎が応じた。

「江橋屋には気の毒だが、このままだと解決の糸口は見えぬ」

かといって、捜索をあっさり打ち切るわけにもいかない。いたいけな子供の命がかかっているのだ。

「どうしたらよいのでしょう。下手人が音吉を返してくれればよいのですが」

それが一番望まれることであった。しかし、今のところ、その気ぶりも感じられない。

「何かいい知恵はないものか……」

秀蔵は神頼みでもするように空を仰いだが、鼠色の雲が低くたれ込めているだけだった。鴉《からす》がどこかで鳴いていた。

これじゃ、まったくのお手上げだと内心でぼやいた秀蔵は、寛二郎に顔を向け

て、

「帰るか……」

と、顎をしゃくった。

困ったときの神頼みではないが、会いたい男がいた。もやもやした気分のときには、あやつに会うのがいい、そう思うのである。

七

その日の午前中で、ひとまず注文の研ぎ物を片づけられると踏んだ菊之助は、朝早くから仕事に精を出していた。

かつて住まいだったその一間は、今やすっかり職人の仕事部屋と化していた。

丹念に中砥《なかと》から仕上げにかかった菊之助は、喉の渇きをぬるくなった茶で癒《いや》し、粟《あわ》粒のように浮かんだ額の汗を手の甲でぬぐって再び仕事にかかった。

強く押さず引かず、絶妙の力加減は熟練しないとできないが、菊之助の体はその感覚を自然につかんでいた。無駄な力を入れないので、研ぎに磨きがかかるのだ。

研ぎを重ねるごとに研ぎ汁が増えてゆくが、無闇に落とすことはない。研ぎ汁は大事な要素となっている。ときどき、研ぎ具合をたしかめ、また作業にかかる。

玉亭の卯兵衛に褒《ほ》められたことは、少なからず励みになっていた。何しろ江戸で三本の指に入れてもおかしくない包丁人である。そんな人が、自分の研ぎを絶賛したのだ。職人なら誰でも名誉に思うはずだし、菊之助自身もようやくお墨付《すみつ》きをいただいたかと、かすかに自負《じふ》していた。

「いるかい?」

腰高障子の表で声がしたのは、区切りをつけようとしていた一本が研ぎ上がったときだった。訪問者が誰であるか、声を聞いただけでわかった。

「開いている。入れ」

ぶっきらぼうに応じると、がらりと戸が開き、寒風と一緒に秀蔵が入ってきた。

「精が出てるようじゃないか」

「お陰様で……」

秀蔵は上がり框に腰掛けると、腰の大小を抜き、勝手に茶をついだ。

「役目はどうだ? 忙しいのか?」

次郎から聞いてはいたが、さりげなく水を向けてやった。

秀蔵は急須を持ったまま上目遣《うわめづか》いに見てくる。色白の顔が寒さでかすかに赤くなっていた。高い鼻梁《びりょう》に涼しげな目をしているが、いつになく冴えない顔つきだ。

「……忙しいのは年がら年中だ」

「そりゃ、お気の毒さま」

「けっ、いい気なことをいいやがる」

秀蔵は吐き捨てて茶を飲んだ。

「何だ、出涸《でが》らしじゃねえか」

「だったら入れ替えればすむことだ」

二人のやり取りはいつもこんな調子だ。秀蔵は素直に茶を入れ替えた。

「……見廻りの途中か」

「まあ、そんなところだ。近くまで来たから、たまにはおめえの面《つら》でも拝んでおこうと思ってな」

「奇特《きとく》なやつだ。何かいいことでもあったか？　あれば教えてくれ」

秀蔵はふんと、鼻を鳴らしただけだった。

「おれにはあったぞ」

そういってやると、秀蔵の顔が持ち上がった。

「何だ？」

「……昔、ちょいとしたことで知り合った幼い女がいてな。その女と再会したのだ」

「ほう、それで浮いた間柄になったというんじゃないだろうな」

「馬鹿いえ。……昔、人に攫われそうになっていたところを助けてやったのだが、先日、思いもかけず仕事を頼みに来たんだ」

「人攫いにあおうとしていたのか……」

秀蔵は目を瞠《みは》った。

「偶然おれが通りかかって、難を逃れたわけだ。まあ、そんなことはいいとしても、玉亭に勤めているのだ」

「目玉の飛び出るほど高い店じゃないか。それはまた、ずいぶんな店に……」

「そうさ。人に攫われそうになっていた少女が立派に大きくなって、一流の店に勤めていた。そして、おれに包丁研ぎの仕事を持ってきたというわけだ。もっとも、先方がおれに気づいた素振りはないが、何となく嬉しい気分になってな……」

秀蔵は微苦笑しながら茶を注ぎ足した。

「……これを出世といっていいかどうかわからぬが、少なくとも悪いことじゃない。そうは思わぬか」

「ま、おまえがそう思うのなら、そうなのだろう。それで、その人攫いのことだが、どんなやつだった？」

秀蔵は真剣な目を向けてくる。

「どんなやつ……。ずいぶん昔のことだ。顔なんか覚えていないさ。まあ、質《たち》の悪そうな浪人ではあったが、ろくな生き方はしておらぬだろう」

「それはどこでのことだ？」

「おい、そんなことを聞いてどうする？　昔の話だぞ」

「どこでのことだった？　いいから教えろ」

あくまでも秀蔵は真剣である。

仕方がないので、菊之助は自分が覚えている当時のことを、かいつまんで話してやった。

「ふむ、八王子の村であったか……」

話を聞き終えた秀蔵は、腕を組んで壁の一点を凝視《ぎようし》した。

「なんだ、何かおまえの調べと関係でもあるというのか？　そんな偶然はなかろう」

「ただ気になっただけだ。攫われたというのがな……」

秀蔵は、最後はつぶやくようにいって、湯呑みに口をつけた。その顔もいつになく深刻そうであった。

「……いつものおまえらしくないな。何か悩みでもあるのか？」

これもさりげなくいって、横目でちらりと秀蔵を盗み見た。菊之助は秀蔵が話したがっているのを、何となく感じていた。もちろん、それは次郎から聞いた話と同じだろう。

秀蔵が重たげに顔を持ち上げたとき、表の路地に慌ただしい足音がして、

「菊さん、横山の旦那は来てますか？」

という声と同時に、次郎が腰高障子を引き開けた。

次郎と秀蔵の目が合った。次郎の背後には小者の寛二郎の姿もある。

「なんだ？」

秀蔵の問いに、次郎は一度つばを呑み込んで声を発した。

「音吉らしい子供の死体が見つかりました」

第二章　邪念

一

「まさか……」

秀蔵は絶句して目を瞠った。

「誰かはまだわからないといいますが、見つかったのは総泉寺の近くらしいです」

寛二郎の言葉に、秀蔵は唇を噛んで差料《さしりよう》をつかんだ。それを見た菊之助は、

「おれも行ってよいか？」

と秀蔵を見た。後悔しているような目が見つめてきた。それから短く「来い」

と、いった。いかにも秀蔵らしい答え方だった。

長屋を出た菊之助は、駆けるように先を急ぐ秀蔵のあとを追った。

次郎が嬉しそうに横に並び、

「やっぱ菊さんが頼りなんですよ」

と、前を歩く秀蔵と菊之助を交互に見る。

「人が死んでいるんだ。こんなときにニヤつくやつがあるか」

声を抑えて叱咤すると、次郎は亀のように首をすくめた。

浅草橋を渡ったとき、秀蔵が次郎を振り返った。

「子供は誰が見つけたのだ？」

「近所に住む百姓だと聞きました」

「それで死体はそのままか？」

「いえ、今戸町の番屋に運んだというふうに聞きました」

秀蔵はそのまま黙して先を急いだ。

「おまえは誰の知らせを受けたのだ？」

菊之助は並んで歩く次郎に訊ねた。

「五郎七《ごろしち》さんです」

秀蔵の手先となって動いている鉤鼻《かぎばな》の男だった。菊之助はまだ事件のことをよく把握していないが、秀蔵の焦りは手に取るように伝わってきた。

御蔵前に差しかかったとき、秀蔵が急に立ち止まった。

「どうした」

菊之助が聞くと、秀蔵は死体の身許を調べる必要があるが、拐《かどわ》かされている音吉かどうかわからない。音吉を知っているものを連れて行くべきだという。

「うむ、知っているのは音吉の家族か店のものということになるが……」

「江橋屋を連れて行って、もし音吉だったら……」

暗い空を見上げた秀蔵は、そのとき親が受ける心の衝撃を考えているのだ。

「秀蔵、親は後まわしでいいのではないか。店の近所のものでもかまわぬだろう」

菊之助は武士言葉になって提案した。秀蔵がじっと見てくる。

「よし。次郎、音吉を知っていそうなものをひとり連れてこい」

「誰でもいいですか?」

「音吉を知ってりゃ誰でもいい。ただでは都合が悪い、心付《こころづ》けを渡せ」

秀蔵から小粒を受け取った次郎が、先に駆け出していった。その次郎を追うようにみんなも先を急いだ。

山谷《さんや》堀を渡ったところで、次郎がひとりの男を連れてやってきた。江橋屋のそばにある青物《あおもの》屋の奉公人だった。無理をいって連れて来たらしい。

「音吉ならよく遊んでやってましたから、見ればすぐにわかります」

と、色白でそばかすだらけの奉公人はそういって、

「でも、音吉がなぜ？」

と心配そうに顔を曇らせた。

ほどなくして死体が運び込まれている自身番《じしんばん》に着いた。表に立っていた五郎七が秀蔵らに気付くと、裏です、と案内した。

自身番裏にはすっかり葉を落とした一本の柿の木があり、死体はその下に敷かれた筵《むしろ》に寝かせられていた。しゃがみ込んだ秀蔵が、被せてあった菰《こも》をめくった。前髪を垂らした子供はかすかに目を開けていた。光をなくしたその目には、鈍色《にびいろ》の空が映り込んでいた。首に絞められた指跡がくっきり残っている。

「どうだ？」

秀蔵が青物屋の奉公人を振り返った。

声をなくしたように目を見開いていた奉公人は、生つばを呑み込んで声を震わせた。

「……お、音吉です」

「間違いないか？」

「へ、へい」

秀蔵はせつなそうに首を振って深いため息をつくと、音吉の死体に菰を被せて立ち上がった。

「次郎、この男と江橋屋に戻って音吉のことを伝えてこい」

「は、はい」

次郎と青物屋の奉公人が去ると、秀蔵は自身番で待っていた百姓に会った。音吉を見つけた男だ。簡単に状況を聞くと、音吉を発見した小屋に案内させた。

そこは、総泉寺の南にある鏡ヶ池《かがみがいけ》の畔《ほとり》に建つあばら小屋だった。板戸は隙間《すきま》だらけで、なかには崩れた藁束《わらたば》が散らばっており、壊れたもっこや笊《ざる》が転がっていた。

菊之助は秀蔵と同じように小屋のなかを注意深く見た。おそらく音吉はここで首を絞められ殺されたのだろう。地面に敷かれた藁に人の座っていた跡が残っていた。

「江橋屋と下手人はどこで取引をするつもりだったんだ？」

菊之助は小屋の表に出て秀蔵に聞いた。

「すぐ近くだ。そこに林があるだろう。その向こうだ」

秀蔵は唇を嚙みながらつぶやくようにいい、

「こんなことになるとは……」

と、拳を自分の太股《ふともも》に打ちつけた。

その後、音吉を見つけた百姓にいくつかのことを聞いたが、下手人につながるようなことは何も知らなかった。

「菊之助、ちょっと付き合え」

秀蔵にいわれた菊之助は無言でうなずいた。

二

隅田《すみ だ》川の向こうには曇天の空を背負った向島《むこうじま》の冴えない墨堤《ぼくてい》が見える。陽気がよくなり桜と新緑の季節ともなれば、いきおい華やぐ江戸有数の行楽地も、陰《いん》鬱《うつ》な気分と同じようにくすんで見える。

山谷堀の河口、今戸橋近くの茶店に腰を据えた菊之助と秀蔵は、しばらくむっつり黙り込んでいた。もっとも、菊之助はあれこれ聞きたいことはあるのだが、今は秀蔵の心境を察して黙っているにすぎない。

「渡しはいくつあるんだ……」

ぽつりと声を漏らす秀蔵の目は、向島に向かう一艘《そう》の猪牙舟《ちょきぶね》に注がれていた。

「……海からだと、御厩河岸《おんまやがし》、竹町《たけちょう》、そしてそこの竹屋《たけや》之渡しか……」

「おおまかにいえば、そんなところだ」

菊之助は秀蔵の意味のない言葉に応じてやった。

「江橋屋を恨むようなものをあたるだけあたったが……」

秀蔵はいきなり本題に入った。

「下手人につながるやつはひとりも浮かんでこなかった。やめていった奉公人然《しか》りだ。……ひょっとすると、江橋屋には縁もゆかりもないやつの仕業かもしれねえ」

菊之助は向島を見つめる秀蔵の横顔を眺めた。

「音吉の身代金は二百両だった。江橋屋のことをよく知っていりゃもっと吹っかけたはずだ。あの店の月の売り上げはその数倍はあるというから、江橋屋にとって二百両はたいした金じゃない。やはり、行き当たりばったりの仕業だったのか

「……」

「もしそうであれば、下手人捜しは難しいな。それに音吉は殺されている」

「手がかりをつかむしかない。だが、今のところ何も出ていない。菊の字……」

秀蔵が顔を向けてきた。

「……八年ぶりに会った女がいたといったな。その女は人に攫われそうになったと、そうだったな」

「うむ」

「攫ったやつは何をする気だったんだ？」

「おおかた女郎《じょろう》屋に売り飛ばすつもりだったんだろう」

「年端《としは》のいかない女をか……まあ、使い道は他にもあるだろうが、人を攫うやつの気が知れねえ」

秀蔵は手にした箸を、ぼきっと折った。それを隅田川めがけて投げたが、箸は一間《けん》先の枯れ草の上に落ちただけだった。

「だが、その女と攫おうとした浪人らには何のつながりもなかった。そういうことだな」

「……そうだな」

「すると今度のやつも、江橋屋とはつながりがないのかもしれぬ。そう考えてもおかしくないだろう」

「だったらどうする？　唯一下手人を知っていたのは音吉だ。だが、その音吉は殺されている。手がかりがなけりゃ、下手人には辿《たど》り着けない」

「あたりめえのことをいうんじゃねえ」

秀蔵はいきりたったようにいった。菊之助はそんな秀蔵を醒めた目で見た。

「おれに八つ当たりするんじゃないよ。熱くなったところで知恵は浮かばぬ」

「それだ、菊の字。知恵だ。何かねえか……」

秀蔵が真剣な眼差しを向けてきた。

「いい知恵なんぞすぐには浮かばぬさ……だが、下手人は何か残しているはずだ。それに下手人を見たものは必ずいるはずだ。いなければおかしい。ひとつ聞くが、音吉はどこで攫われたんだ？」

「江橋屋の話によれば、店の近くだという。夕方遊びに出て、それきりだったと……」

「最後に音吉を見たものは？」

「江橋屋の飯炊き女だ。裏の勝手から音吉が出ていくのを見ている。それだけだ」

「近所のものは?」

秀蔵は首を振った。

「ほうぼうで聞きまわったが、誰も覚えてないといいやがる。まるで勝手口から出てすぐ、煙のように消えたようなもんだ。下手人が裏に駕籠《かご》を用意していたのではないかと思ったが、音吉がいなくなったころ、駕籠はなかった。見たものもいない」

「夕暮れだったのだな」

「音吉が店を出たときはそうだったらしい」

「……店の裏はどうなっている?」

「細い路地だ。江橋屋の西にある町屋の裏通りでもあり、昼間でもあまり人気はない」

「行き当たりばったりだったとしても、下手人は音吉を待っていたことにはならないか。誰でもよかったわけではないはずだ」

菊之助はそういいながら、裏路地に佇む黒い影を想像した。下手人は人目を避けて立っていただろう。しかし、長時間同じところに立っていることはなかった。

路地に人が現れれば、すっと姿を消し、また別のところに立ち、音吉を待ちつづける。ようやく音吉が現れると、あやしまれないように近づき、口を塞《ふさ》いで抱えて逃げる……。いや、そんなことができるだろうか？

口を塞がずに、何かおいしい話を持ちかける。菓子を買ってやるとか玩具《おもちゃ》を買ってやるといって、他人から見ればまるで親子のように歩く。ひょっとすると下手人は音吉と手をつないで歩いたかもしれない。

運良く音吉を知っているものに会わなければ、不審には思われない。

「……帰りに江橋屋の裏に寄ってみよう」

菊之助がぽつりというと、秀蔵がさっと顔を向けてきた。

「気づくことがあったら何でもいいから教えてくれ。この一件は何としてでも片づけたい。……八丁堀《はっちょうぼり》同心の意地にかけても片付けてえ」

秀蔵はあえて、頼むとか力を貸してくれとはいわなかった。もうその必要がないことを知っているのだ。菊之助はそのことがよくわかっていた。

「それじゃ、おれは先に失礼する」

菊之助が立ち上がると、秀蔵が見上げてきた。

無言のまま二人は目を見交わした。

今戸橋そばの茶店を出た菊之助は、鼠色をした遠くの空を眺めながら江橋屋に足を向けた。頭のなかで秀蔵のいった言葉をひとつひとつ反芻《はんすう》し、下手人につながる手がかりをつかむにはどうすればよいだろうかと、考えをめぐらした。

御米蔵中之御門前にある江橋屋は暖簾を下ろし、表戸を閉めていた。おそらく、次郎の知らせを受けてそうしたのだろう。沈鬱な空に、その佇《たたず》まいは沈んでいるように見えた。

菊之助は店をまわりこんで勝手口にある裏路地に入った。江橋屋のある大川《おおかわ》寄りの町屋は浅草森田町で、その裏路地の西側は、浅草新旅籠町《しんはたごちょう》である。細い路地はそのふたつの町屋の裏通りといってもよかった。

秀蔵がいったように人気はなかった。江橋屋の勝手口は路地に入ってすぐのところだ。菊之助は自分が下手人ならどうするかと視線をめぐらした。

路地の入り口に立つだけで、江橋屋の勝手口に出入りするものは見張ることができる。反対側の路地口も同じだ。

北側は西福寺《さいふくじ》の塀《へい》だが、南側は瀬戸物屋となっている。瀬戸物屋は日が暮れれば店を閉める昼商いの店だ。だが、音吉が出た時分はまだ店は開いていたはずだ。当然、店には聞き込みが行われているはずだ。それでも菊之助は訪ねて聞いてみた。結果は何も気づいていないということだった。

もう一度路地に立った。下手人はどうやって音吉を連れ去ったのだ？　曇天下の路地を凝視《ぎょうし》するが、思考は空回りするだけだった。

三

「何をやってるんだい。今日はどうかしてるぞ」

積み重ねた折敷《おしき》を崩したおてるは慌てて片づけ直した。注意を受けたのは、その日三回目だった。最初は自分の当番みたいになっている客間の一輪挿しを挿し替えるのを忘れて、主の卯兵衛にたしなめられた。つぎに納戸《なんど》の片づけをしている最中に、盃洗《はいせん》を二個割ってしまった。一見何でもない盃を洗う水を入れる器だが、どこぞの有名な陶工の作品だったらしく、仲居頭にしかめ面を作らせてしまった。

そして今、卯兵衛の下で修業をしている板前の弥吉《やきち》の前で、折敷に膝をあてて崩してしまった。おてるは申しわけありませんと、体を小さくして謝るしかない。

こんなことじゃいけないと自分にいい聞かせるが、働いているそばから半兵衛の顔と、先日投げつけられた言葉が頭に浮かぶ。

半兵衛は二十両都合できなかったら、昔のことを何もかも表沙汰にするといった。そんなことをされたら、文吉だってただではいられないと思うと、気が気でならない。それに、半兵衛はあきらめないぜと、捨て科白《ぜりふ》も吐いた。

何とかしなければならないと、心を急《せ》かしてもどうすることもできない。だけれど、このまま無事にすむとも思えない。今自分に相談できる人は数少ない。玉亭の卯兵衛と女将《おかみ》、それから口うるさくはあるが面倒見のいい仲居頭のお糸《いと》である。

だが、相談すればすべてを話さなければならないだろう。そんなことはできない。決してできない。それじゃいったいどうすればいいのだと頭を悩ませる。何だか血の気が引き、眩暈《めまい》を起こしそうになる。

実際、女将のおしんに、

「顔色がすぐれないようだけど、風邪でも引いてしまったんじゃないかい」

と心配された。

何でもないと取り繕ったが、やはり心中の悩み事が顔に表れているのだと思う。

おてるは仕事が一段落したのを見計らって、一度自宅の長屋に帰った。幼い子持ちという事情があるので、店はこういったことを大目に見てくれている。

文吉は井戸端で近所の子供らと遊んでいた。長屋の連中は面倒見のいい人ばかりで、子供たちの躾《しつけ》もしっかりしていた。もっとも、腕白《わんぱく》な子はいるが、文吉はうまく付き合っているようだった。

「文吉、お昼はすませたのかい？」

声をかけると、文吉が振り返って、食べたようとうなずいた。

「水遊びはほどほどにしないと風邪を引くからね」

「わかってる」

おてるは家のなかに入ると、上がり口に尻をおろして、ため息をついた。朝餉《あさげ》は毎日作るが、昼は留守がちなので文吉のために握り飯を作っておくのが常だった。文吉はそれを冷めたみそ汁でかき込んですましている。

女手ひとつで育てているのだから辛抱してもらうしかないが、できることなら気がよくてそこそこ稼ぎのある男と一緒になりたいと、ときどき思うことがある。それが叶《かな》うなら、文吉にも淋しい思いをさせなくてすむだろうが、現実は思うようにはいかない。

文吉の使った器を洗っていると、当の本人が戸口を入ってきた。

「文吉、今日は少し遅くなるよ。どうする？　店に来るかい？」

「遅くなるって、どのくらい……？」

「さあ、どのくらいかね」

おてるは乱れた髪を手の甲でうしろに流して考えた。

今夜は二つの宴席が入っている。客が早く帰ってくれればいいが、酒の入った客は長尻が多い。あまり遅くなるようだと、女将のおしんが気を使って帰っていいといってくれるが、度々甘えているわけにはいかない。

「どうする？」

「太郎《たろう》ちゃんちに遊びに行ってもいいかな。来てもいいっていわれているんだ」

文吉はきらきらと澄んだ瞳を輝かせる。太郎は文吉のひとつ上の子で、はす向かいに住んでいる。父親は船大工だが、酒も博奕《ばくち》もやらない真面目で子煩悩《こぼんのう》な男だから、文吉の面倒見もよかった。女房も遠慮はいらないという気さくな女だった。

「それじゃ、かあちゃんが遅くなるようだったら先に寝てるんだよ。わかったかい」

「うん。そうするよ」

文吉は嬉しそうに鼻の頭に小じわを作った。太郎と遊ぶのが楽しくて仕方ないのだ。

その日の夕刻、暖簾を上げると同時に二組の客があった。こちらは前もっての予約客ではないが、上得意の商人だった。客が身を明かさないかぎり、下手な穿鑿はしてはいけないことになっているから、どんな商売だかわからないが、一組は上野《うえの》の呉服屋らしく、もう一組は蔵前の札差だと、耳に聞こえてくる話の断片で推察することができた。

店の決まりを守り、おてるは聞いても聞こえぬふりをするのが常だが、札差と思われる客の言葉に皿を下げる手を一瞬止めて、聞き耳を立てた。

「……人攫いとは、それはひどい目にあわれましたな」

「気の毒としかいいようがないが、いずれ跡取りにと思っていた愛息《あいそく》だから、嘆きようはひどいもんだよ。ささ、もう一杯」

「こりゃどうも。それで、下手人はまだ捕まっていないのかね」

「御番所も必死らしいが……」

おてるは下げた器類を板場に運んで、すぐ洗い物にかかった。背後の板場で小気味よく動く主の卯兵衛と板前の弥吉は、調理に余念がない。鍋から湯気が出ていれば、焼き網には鯛《たい》の兜《かぶと》がのせられていた。

おてるは洗い物をしながら、人攫いがあったのだと思った。それも愛息という から、まだ幼い子供であろう。おてるは昔のことを思い出した。見も知らぬ浪人 に、無理矢理連れ去られかけたことがあった。運良く、若い侍に助けられたので 一難を逃れたが、もしあのまま連れてゆかれたら、自分はどうなっていたかわか らない。

しかし、命の恩人ともいえるあの侍のことはすっかり記憶にない。恐ろしくて たまらなかったので、人の顔を覚えるどころではなかったのだ。

その代わり、自分を連れ去ろうとした浪人の顔は今でも思いだすことができる し、ときどき夢でうなされることがある。もっとも八年も前のことだから、その 男も年相応な顔つきになっているだろうが、非道なことをする人間だから、死ん でいるかもしれない。怖いことではあるが、できればそうであってほしいと、お てるは思いもする。悪いやつはみんな死ねばいいと、非情な心になるのは今だけ ではない。

口開けの客が入って半刻たったころ、予約の客が重なるようにしてやってきた。 こちらは小座敷に迎え入れて接待をすることになっていた。

客が来れば、必ず女将が挨拶に行き、特別な料理をもてなすときは、主の卯兵衛が客間を訪ねて料理の説明をするのが常であった。

小座敷の客は、二組とも旗本の侍でおてるに軽口を叩く顔見知りも混じっていた。

「おてる殿、久しぶりにそなたの顔を見るが、いつ眺めてもいい女っぷりだ。妾《めかけ》の口が空いていると先に申したが、少しは考えてくれたか」

と、にこやかにいう旗本は見事な銀髪だった。冗談とも本気ともつかない話だが、おてるはさらりとかわす要領を教示されているので、

「子持ちでもよいとおっしゃるのなら考えないこともありませんが、あまりにもわたしには勿体《もったい》ないお話でございます」

と、嫌みのない笑みを浮かべて言葉を返す。

「わしは子持ちだろうが何だろうがかまわぬのだがな。ふふ、ふふふっ……」

「お殿様ったら何人のお妾があったらお気がすみますのやら」

冗談まじりに返すと、相手は鷹揚《おうよう》に笑った。

店が店だけに、どの客も品があり礼儀作法をよくわきまえていた。それがおてるには救いでもあった。

結局、その夜の仕事が終わったのは、五つ半（午後九時）過ぎになった。

忙しさに追われているうちは、いやなことは頭の隅に押しやれるが、仕事が一段落すると、また悩みの種が鎌首《かまくび》をもたげてくる。

今夜あたり半兵衛が訪ねてきてはいないだろうか、もしそんなことがあったら、どう応対すればいいだろうか、どうやって縁を切ればいいだろうか……。家が近づくにつれ不安は胸の内でふくれあがり、我知らず胸の鼓動が早鐘《はやがね》を打っていた。

長屋の路地は暗く、すでに明かりを消している家もある。おてるは足音を忍ばせて家の戸口に立つと、一度気を鎮《しず》めるように息を吸って吐き出した。店からほどない距離だが、もう指先がかじかんでいた。

「文吉、寝ているのかい……」

遠慮がちに声をかけながら戸口を開けた。

有明行灯《ありあけあんどん》がぼんやりと、狭い居間に点《とも》っている。文吉は遊び疲れたのか、帰ってきたおてるの気配にも気づかず、寝息を立てていた。

おてるは文吉が無事だったことと、半兵衛がいなかったことに、胸をなで下ろした。だが、そのとき、戸口に黒い影の立つ気配があり、おてるは心《しん》の臓《ぞう》をビクンと高鳴らせ、目を瞠った。

そのまま戸口に映る黒い影を凝視したが、影はよぎっただけで消えてしまった。しばらくして近所の戸の開けられる音がして、おてるはほっと息をついたが、すぐに心張《しんば》り棒《ぼう》をかけに行った。

四

「ひどいことをする人がいるものですね」

お志津は朝餉を終えた菊之助に茶を出しながら、きゅっと唇を結んだ。昨夜菊之助から聞いた江橋屋のひとり息子のことをいっているのだ。

「子供も不憫《ふびん》だし、親もたまらないだろう。それに秀蔵も、今度ばかりはまいっているようだ」

「あの秀蔵さんが……」

「うむ。音吉が殺されたのは自分のせいだと思っているのだ」

「……それは違うのではありませんか？」

お志津は湯呑みを手にしたまま目を瞠った。

「手配りに落ち度があったと自分を責めているのだ。……あいつはそういうやつだ」

菊之助は立ち上がると、障子をがらりと開けた。昨日は雲の多いすっきりしない天気だったが、今日はよく晴れていた。ふと、庭先に視線をやると、赤い牡丹《ぼたん》の花が咲いていた。お志津が植えたものだ。

「お志津、花が咲いているぞ」

教えると、お志津がそばにやってきて、あらと、嬉しそうに口許を緩めた。だが、すぐに真顔に戻って菊之助を見た。

「菊さんは、何も手伝わなくてよいのですか？」

「……助《すけ》をしたくても、何の手がかりもないのだ」

そういって縁側にしゃがみ込んで、咲いたばかりの牡丹を愛《め》でた。赤い花びらの先端はあわい桃色になっている。日の光を浴びようとしているのか、それとも咲きましたよと誇らしげに笑っているのか……花の姿がそんなことを思わせた。

「立てば芍薬《しゃくやく》、座れば牡丹、歩く姿は百合《ゆり》の花……」

菊之助は美人を形容する言葉をつぶやいた。

「そんなのんびりしたことといってる場合じゃないでしょう。きっと、秀蔵さんは菊さんを頼りにしているんですよ」

「……わかっているよ」

菊之助はお志津を見上げて、言葉を継いだ。

「じっとしているわけではない。わたしも何とか力になりたいと思っているのだ。急ぎの仕事も片づいたところだし、何かできないかと……そう思っている」

その日、菊之助は仕上げた包丁を小脇に抱えて得意先回りをした。こういったときは、自分のことをすっかり職人になったなと思う。しかし、研ぎ仕事から離れると、幼いころから培《つちか》われてきた武士としての「地」に戻るようだ。今さら、武家だといってもはじまらない自分ではあるが、身にしみついたものを落とすのは容易《たやす》くない。

ともかく職人になりきって、包丁を届けてまわった。まわる先から新たな注文を受けるが、それは急ぎの仕事ではなかった。

預かった包丁を一旦仕事場に収めると、その足で長屋を出た。向かうのは江橋屋の例の裏通りだ。何ともしっくりしないものが頭に引っかかっていた。

玉亭のおてるを思い出したのは浅草橋を渡ったときだった。本人ではなかったが、すれ違った女がよく似ていたからだった。もしや、おてると名乗っているおまさは、本当は別人ではなかろうかと、ふと思ったが、すぐに否定した。口許の黒子と右手首の火傷痕は万人にあるものではない。おてるは八年前に会ったおまさに違いない。あのときおまさの母親は、江戸にいる夫に会いに行くといっていた。果たして母娘は父親に会えたのだろうか？　また、おまさの両親はどうなったのだろうかと、他人事《ひとごと》ながら気になった。

江橋屋は音吉のことがあるので、当然、店を閉めていた。裏通りにまわった菊之助は、昨日と同じように閑散とした細い路地を眺めた。

下手人はどうやって音吉を攫ったのだろうか……。

疑問を胸の内に投げかけて細い路地を辿《たど》り、反対の通りに出た。西福寺の塀が長々とつづいている。こちらも静かな通りだ。右に行けば蔵前通り、左に行けば新堀川《しんぼりがわ》を渡った先に公儀番方《こうぎばんかた》の与力・同心屋敷がある。

はたと気づいて、菊之助は来た道を振り返った。何もこの通りで攫う必要はなかったのではないかと思った。勝手口から出てきた音吉を尾《つ》けて、そのあとで拐かしたのではないか？

そうであれば、下手人はこの通りで目撃されることはない。下手人は別の場所で音吉に声をかけ、そして連れ去った。……そう考えるとどうなる。

そうなると、家を出た音吉が向かった先が問題ではないか。そのことを秀蔵は考えたのだろうか？　これはたしかめるべきだと思った。江橋屋は喪に服しているであろうし、今日は通夜のはずだ。町方でもない見も知らぬものが訪ねても、軽くあしらわれるだけだろう。菊之助は秀蔵に会おうと思った。

しかし、探索中の秀蔵に出会うことはなかった。立ち寄りそうな店ものぞいたが、ここしばらくは顔を出していないと店のものがいう。手先として動いている次郎の姿も見かけなかった。

そんなこんなで無駄に歩きまわっているうちに日が暮れてしまった。いずれ長屋には次郎が帰ってくる。その後の調べは次郎から聞けばおおよそわかるはずだと思い、家路についた。

春といってもまだ一月、日が落ちるのも早ければ、闇が濃くなるのも早い。通りを歩いているとき、時の鐘が暮れ六つ（午後六時）を知らせた。

ぽつぽつとではあるが、提灯や軒行灯に火が入れられていた。これからその数は増えるはずだ。通りには家路を急ぐものや、誘い合わせて遊びに行く人の姿があった。細い路地には肩に手拭いをかけ、湯屋に行く人の姿もある。

そのとき菊之助は、はたと足を止めた。居酒屋の軒先におてるの姿を見たからだった。その顔は提《さ》げられた提灯の明かりに染まっていた。似た女ではないかと目を凝らしたが、間違いはなかった。

おてるは、ひとりではなかった。あまり風体《ふうてい》のよくない男と向かい合って、深刻な顔をしている。

亭主だろうか……。

そう思ったが、おてるの所作《しょさ》を見るかぎり、そうは思えない。それに男のほうが何かを迫っているような様子で、おてるは困惑《こんわく》した顔つきでもあった。

やがて二人はこっちに向かって歩いてきた。菊之助は脇の煙草《たばこ》屋の店先に身を寄せて、二人を窺《うかが》った。

「……いつまでって、早いに越したことはねえさ。おれも暇暮らしをしてるわけにはいかねえからな」

男の声が聞こえた。おてるはうつむいたまま、男の少し後ろについている。

「つつがなく暮らしてえんだったら、いう通りにするこった。……わかったな」

男はおてるを横目で見て、片頬に笑みを浮かべた。菊之助はいやな笑みだと思った。それに男の崩れた口調が気に入らない。

二人はそのまま菊之助の前を通り過ぎたが、しばらく行ったところで男はおてるの肩を軽くたたいて離れていった。おてるは男を見送ろうともせず横道に入って姿を消したが、弱り切ったような様子だった。

通りに出た菊之助は、遠くに消え去る男の姿を目で追った。

五

「よほど、そのおてるさんという方のことが気になるのですね」

そういうお志津の顔には、かすかな揶揄《やゆ》と嫉妬《しっと》の色が押し隠されているようだった。菊之助は冷や酒の入ったぐい呑みに口をつけることで、お志津の視線を外した。

「でも、その風体のよくない男に脅されているのでしたら、おてるさんにも何か落ち度があってのことでしょうね」

「極上の料理を出す、格式ある店に勤めているのだから、なお気にかかるのだ」

「たしかにそうかもしれませんが……」

お志津は短くなった燭台《しょくだい》の蠟燭《ろうそく》を取り替えた。一瞬だけ部屋のなかが暗くなって、すぐに明るくなった。お志津が衣擦《きぬず》れの音をさせて振り返った。

「菊さんも、秀蔵さんのことで悩んだり、おてるさんのことで悩んだり、忙しい人。こんなときは体が二つあったら便利ですわね」

「……それだ」

菊之助は冗談まじりにいったお志津に顔を向けた。

「今、小唄《こうた》のほうは忙しいのか？」

お志津は手習いと小唄を教えていたが、菊之助と一緒になってからは、差し障りがあるのではないかと考え、今は小唄しか教えていない。それも下町の長屋であるから、習いに来るのは数えるほどだ。

「嘘でも忙しいといいたいところですけど、あいにく……」

お志津はひょいと肩をすくめた。

「それじゃ頼みがある」

「何でしょう」

「今夜おてると一緒にいた男は、どう見てもまともじゃなかった。おてるは心底《しんそこ》困っている様子でもあった。余計なお世話かもしれないが、気になって仕方がない」

「それで頼みとは……？」

「困っていると知っていて見過ごしたばかりに、とんでもないことになったら、それこそあとの祭りで悔やむことになる」

「だから、わたしにどうしろと……」

「おてるの様子をそれとなく探ってくれないか。男が近づけば変な噂が立つかもしれないが、女同士ならそんなこともないし、相手も男より心を許しやすいだろう」

「……わたしにそんなことができるかしら」

というお志津は、好奇心の勝った目を光らせていた。

「深く立ち入るわけではない。様子を見るだけだ」

「……わかりました。それならやってみましょう。それに、菊さんの頼みをいやとはいえないものね。お酒もう少し召されます？」

口許に笑みを浮かべるお志津に、菊之助は黙ってぐい呑みを差し出した。

次郎がやってきたのはそれから小半刻《こはんとき》（三十分）後のことだった。菊之助が次郎の家に、帰ったらうちに来るようにと、結び文を投げ入れていたからだった。

寒空の下を歩きまわっていたらしく、次郎の頬は熟した無花果《いちじく》のように赤くなっていた。

駆けつけに一杯だと差し出してやった酒をほした次郎は、手の甲で口をぬぐった。

「はぁ、うめえ」

「それで進んでいるのか？」

菊之助は早速切り出した。

「進んでるといいたいところですが、さっぱりです」

「何も出てこないってことか」

「まったく何もわからずじまいです」

「……それは弱ったな」

「まったくです。横山の旦那も舌打ちやため息ばかりで……ほんとにあんな旦那を見ていると、こっちまでつらくなっちまいます。すみませんお志津さん、もう一杯もらえますか」

次郎は遠慮がない。

「めずらしいわね。以前はそんなに飲めなかったじゃないの……」

「五郎七さんに鍛えられたんです。あの人ウワバミですから、まともに付き合ってると体がもちません。あ、こりゃどうも……」

次郎はもらったぐい呑みに口をつけた。

「じつは今日も江橋屋のそばに行ってきたんだ。音吉はどうやって攫われたのだろうかと思ってな」

「へえ、そうですか。で、何か気づいたことはありましたか？」

次郎は目を丸くして見てくる。

「うむ、気になることがひとつある。音吉は店の裏の路地で連れ去られたと思っていたが、そうじゃないかもしれない」

次郎は一膝進めて、手にしたぐい呑みを置いた。

「どういうことです？」

「あの通りではなく、他のところで声をかけられ、それで攫われたのではないかと考えたのだ。つまり、ここで大事なのは、音吉が家を出て、どこへ行くつもりだったのかということだ。そのことを江橋屋に聞き込んでいるのだろうか？」

「……それは」

と、声を吞んだ次郎は目をきらきら輝かしていた。

「音吉が向かった先を聞いていないか？」

「菊さんがいうようなことは聞いてないはずです」

「音吉と仲のよかった友達がいるはずだ。その子らに話は聞いてないか？」

「横山の旦那がその辺は抜かりなくやっているはずです。何もいわないので、わからないのだと思います」

菊之助は煙草盆を引き寄せただけで、腕を組んだ。

台所に立つお志津が酒の肴《さかな》を見繕いながら二人を見ていた。あからさまにこういった話をお志津の前でするようになったのは、最近のことである。そのせいか、お志津は少なからず興味のある目をしている。

「小遣いを持って欲しいものを買いに行ったとも考えられる。その行き先がわかれば、何か手がかりがつかめるかもしれぬ」

「菊さん、さすがです。きっと横山の旦那も今回ばかりは余裕がないから、深い考えが及ばないんでしょう」

「次郎、明日はおれと一緒に動けるか？」

「菊さんのその言葉を待っていたんです。おいらはいつだってお供《とも》しますよ」

へへっと、次郎は嬉しそうに笑った。

六

客間は小上がりと座敷に分かれているが、そう広いわけではない。衝立《ついたて》で仕切られる小上がりは、四つに区切られ、多少窮屈《きゆうくつ》ではあるが、ひとつに四人が座れるようになっている。座敷のほうは四畳半が二つである。間仕切りの襖を取り払えば、少人数の宴会はこなせるようになっている。

おてるは客席の雑巾《ぞうきん》掛けが終わると、柱と壁にかけてある一輪挿しを取り替える。まだ二、三日は持つだろうと思える花でも、必ず毎日取り替える。花に活きがなければ料理も美味そうに見えないという卯兵衛の考えであった。

ただし、床の間の生け花は女将の仕事で、こちらは数日に一度の割合で替えられるが、大事な宴会客があると、それもあっさり替えられる。

主・卯兵衛の考えは、花だけに限らない。使う器にも、お品書の書にもこだわっている。器の大半は名のある陶工の作品であるし、残りは卯兵衛自ら焼いたものだった。

手跡《しゆせき》はその筋の人にいわせると、決して上手ではないらしいが、熟練した味わいのある筆運びになっているという。実際、おてるは卯兵衛の温かみのある字を気に入っていた。

掃除を終え、一輪挿しの花を替えると、帳場の掃除にかかった。

店にはおてるひとりである。卯兵衛は板前の弥吉と仕入れに行っているし、女将は近所に用があって帰りは昼過ぎになるということだった。仲居頭ともうひとりの仲居が出てくるのは昼を過ぎてからだ。

こぎれいな客間と違い、三畳ほどしかない帳場は雑然としていた。天井近くに神棚が飾ってあり、その下にある茶簞笥《ちゃだんす》の上には片目の入っていない達磨《だるま》と招き猫が置かれていた。

あとは文机《ふづくえ》と丸火鉢が置かれており、そのまわりに帳簿や町内からまわってくる触《ふ》れ書《がき》などが雑然と置かれていた。

崩れた帳簿を重ね、文机を整頓して雑巾をかける。火鉢に炭を足し、五徳《ごとく》に置かれた鉄瓶の湯量をたしかめる。

と、そのとき、茶簞笥横に置かれた三引《みつび》きの手文庫《てぶんこ》に目がいった。小抽斗《こひきだし》のそばに何気なく置かれているのだ。卯兵衛か女将が自室から持ってきて戻し忘れているのだろう。それは漆塗りの蓋《ふた》に、桔梗《ききょう》の象嵌《そうがん》を施《ほどこ》してあった。

おてるは息を殺し、まわりを見てから手を伸ばした。蓋を開けると印判《いんばん》と墨壺《すみつぼ》が入っていた。さらに抽斗を開けたとき、息が止まった。

小判がまばゆいばかりに光り輝いていたのだ。その他におてるにはよくわからない手形や証文が入っていた。

二十両……。

とっさに頭に浮かんだのは、半兵衛に脅されている金のことだった。半兵衛は二十両で何もかも忘れてくれるといった。二度と目の前に現れないともいった。その言葉がどこまで信用できるかわからないが、二十両渡せば、当面自分の前には現れないはずだ。その間に、店を移り住まいを替えれば、半兵衛から逃げられる。目の前で光り輝く小判は、喉から手の出るほどほしい金だった。

しかし、手をつければ自分の仕業だとすぐに知れてしまうだろう。現に今店にいるのは自分ひとりである。誰もが自分を疑うのは火を見るより明らかだった。

だけれども、これはまたとない機会でもある。おてるは小判に触れながら、いったいいくらあるのだろうかと目で数えてみた。

二十一両。二十両盗めば一両しか残らない。盗まれたことはすぐにわかってしまう。いや待てよと、おてるは顔をこわばらせた。今盗んでも、金のことが露見するのが遅くなれば、疑いの目が自分にだけ向けられることはないはずだ。仲居頭のお糸も、同じ年増仲居のおりきも疑われるだろう。白《しら》を切り通せば、疑われるだけですむかもしれない。

だが、一両をつまむと、その指が震え、あの忌《い》まわしい過去が脳裏に蘇《よみがえ》った。

七

凍てつく寒い夕暮れだった。

おてるは、二歳の文吉を背にして、武蔵野《むさしの》の寂しげな道を歩いていた。自分を手込めにして都合のいいように扱った久蔵《きゅうぞう》一家から、必死の思いで逃げてきたばかりだった。

朝から何も食べておらず、背中の文吉もひもじい思いをしていた。逃げるのに必死だったが、周囲はうら寂れた畑と林が広がっているだけで、百姓の家も見えなかった。自分でもいったいどこを歩いているのかわからなかった。

闇が濃くなり空でまたたく星の光が強くなったとき、おてるはようやく街道らしい道に出た。この道を歩いていけば、きっと家がある。事情を話せば何か恵んでもらえるかもしれないと、今にも倒れそうになりながら思った。

手足の指はすでにかじかみ、体は寒さに縮み上がっていた。文吉の体温が背中に感じられるだけだったが、その文吉も腹が空きすぎたのか泣こうともしなかった。

四半里《しはんり》(約一キロ)ほど行ったところに地蔵堂の祠《ほこら》があった。閉まっている格子《こうし》の扉を開けてなかをのぞいた。供え物があれば、それをいただこうと思ったのだが、何もなかった。

落胆と同時に鉛《なまり》のような倦怠感《けんたいかん》に襲われた。それでも文吉のことを考えると、弱音は吐けなかった。気丈にならなきゃと自分にいい聞かせ、また道を進んだ。

一軒の百姓家《ひやくしようや》を見つけたのはそれからすぐだった。

おてるは文吉をおぶったまま駆けるように足を急がせた。草履《ぞうり》の鼻緒が切れたが、使い物にならなくなった草履に未練はなかった。そのまま片足、裸足のままで百姓家の戸を叩いた。

だが、返事はなかった。訪《おとな》いの声をかけても、返事はいっこうになかった。

試しに戸を引いてみると、ガタガタ音を立てながらも横に開いた。暗い家のなかをのぞき、もう一度声をかけたが留守のようだった。

おてるは恐る恐る家のなかに入った。土間奥が台所になっており、二つの竃《かまど》が並んでいた。ひとつに鍋がかかっており、その蓋を取ってみると、蒸《ふ》かした薩摩芋《さつまいも》が入っていた。芋を手にすると夢中でむしゃぶりついた。咳き込むと、水瓶《みずがめ》の水をすくって飲んだ。腹が落ち着いて、文吉に食べさせようとしたが、ぐったりしていた。額に手をあてて、すごい熱があるのを知った。寒さに耐えることができなくて風邪を引いてしまったのだ。それに瘧《おこり》のように震えているのにも、そのとき気づいた。

暖《だん》をとらなければ、文吉が死んでしまう！

必死の思いで胸に抱いて温めようとしたが、それにも限度がある。手探りでちびた蠟燭《ろうそく》と火打ち袋を見つけると、家のなかを見てまわったが、そのとき何もないことに気づいた。筵にわずかな艦褸《ぼろ》切れのような夜具があるだけだった。

ここは無人なのかと思った。竃の前に戻り、薪《まき》を入れてくべた。火が入ると、竃の前は暖かくなり、かじかんでいた指先にも感覚が戻ってきた。もし、人がいたとしても事情《わけ》を話して許してもらおうと思った。必死に詫びれば許してくれるだろうという甘い考えもあった。

いつの間にか風が出てきたらしく、外からぴゅうぴゅうという笛のような音が聞こえるようになった。板戸がそれに合わせるように揺れて音を立てた。

人の気配に気づいたのは、それからすぐのことだった。はっとそっちを見ると、竈の炎を照り返して薄汚れたなりをした二人の子供の姿があった。二人はしっかり手をつないで、おてるをにらむように見ていた。

「おとっつぁんか、おっかさんはいないの……？」

兄のほうが首を振った。妹はじっとおてるをにらんでいた。

「親はどうしたんだい？」

そう聞くと、妹のほうが叫ぶような声を発した。

「芋！」

それに呼応して兄のほうも、

「芋をよこしな。おいらたちの食い物だ」

兄が一歩足を進めてきた。おてるはたじろいだ。そのときになって、この子たちには親がいないのだと気づいた。そして、蒸かしてあった芋は、目の前の幼い兄妹のものだったのだと知った。

おてるは怯えたように立ち上がって、何度も謝った。

「堪忍《かんにん》、堪忍しておくれ。道に迷ってどうすることも……」

「芋をよこせ、おいらたちの食い物をよこせ！」

兄が叫びながら竈の上の鍋をのぞいた。瞬間、その目が信じられないように見開かれ、そして心底がっかりしたようにうなだれた。

「ない。……食われた」

兄がつぶやきを漏らすと、妹がしくしく泣きはじめた。

おてるは必死に謝って、何とかする、この償いはきっとする、食べ物を探してくると約束した。

「一番近い家はどこにあるの？」

兄のほうが二里（約八キロ）ほど東に行ったところにあるといった。

「それじゃ、すぐに食べ物を持って戻ってくるから待っておくれ」

おてるは高熱を出している文吉を背負ったまま夜道を歩いた。だが、めざす家にはなかなか辿り着けなかった。ようやく一軒の家を見つけたときには、すっかり夜が更《ふ》けていた。戸を叩いて声をかけると家人が出てきた。頼れそうな大人の顔を見たせいか、一挙に安堵《あんど》の気持ちがふくれあがり、それまでの疲労もたたって、意識をなくしてしまった。

気づいたのは朝だった。

目を覚ますと、そこがどこだか思い出すのにしばらく時間がかかった。ようやく昨夜《ゆうべ》訪ねた家だとわかった。隣には文吉が寝ており、すやすや寝息を立てていた。おてるが起きた気配に気づいたらしく、襖が開いて家の女房がやってきた。

恐縮して、世話になったことを詫びると、

「なに、丸々一日寝てたんだよ。あんたが来たのは一昨日《おととい》の晩だよ」

という。まるで狐《きつね》につままれたような心境だった。

「坊やは熱があったけど、薬を飲ませたらどうにか治ったようでよかった。あんたは大丈夫かね？」

「ええ、もうすっかり元気になりました。とにかくお世話になりまして申しわけありません」

「来たときはそりゃびっくりしたよ。人の顔を見るなり、そのまま倒れちまうんだからね。まあ、元気になればいいよ。粥《かゆ》を作ってあるから起きて食べるといい」

おてるは夜具を抜けると、文吉の様子を見た。女房がいったように熱は下がっていた。それに血色も戻っていた。居間に行くと女房が粥を出してくれた。

幼い兄妹のことを思い出したのはそのときだった。あれは夢だったのではないかと思いもしたが、そんなはずはなかった。世話になった女房に、無理を頼んで握り飯を作ってもらうと、それを持って一昨日の晩に行った百姓家に急いだ。
五、六人の村人に出会ったのはその途中の野路だった。村人の足許には筵が敷かれてあり、その端から小さな足がのぞいていた。恐る恐るのぞくと、二人の子供だというのがわかった。
「可哀相に腹空《す》かして、死んじまったんだよ」

と、ひとりの男が教えてくれた。

「昨夜はことに寒さがひどかったから、耐えられなかったんだろう。寒さにやられちまったのかもしれねえ」

他の男がそんなことをいった。そのとき、一方の道から戸板が運ばれてきて、死体が載せられた。その瞬間、死体の顔が見えた。

あの兄妹だった。おてるは頭の後ろを棒で殴られたような衝撃を覚えた。自分がこの兄妹の芋を食べたばかりに死んでしまったのだと思った。いや、そうに違いなかった。

我が身のことしか考えなかったばかりに、兄妹を殺してしまった。おてるは激しく自分を責めたが、それで兄妹が息を吹き返すわけでもなかった。

「二親《ふたおや》に死なれて間もないっていうのに、この世に縁がなかったんだな」

やがて戸板が運ばれていった。おてるは死体を載せた戸板に向かって両手を合わせ、堪忍よ、堪忍よと何度も謝りつづけた。だが、ふと自分の懐に握り飯があるのを思い出した。冷めないように大事に懐に入れてきたのだった。

「待ってください！　待って！」

おてるは悲鳴のような声を上げて走った。死体を載せた戸板に追いつくと、

「これを」

と、握り飯を供えた。

遅すぎた。間に合わなかった。慚愧《ざんき》の念に苛《さいな》まれ、涙が溢《あふ》れて止まらなかった。村人に知り合いだったのかと聞かれたが、おてるは首を振って泣きつづけるだけだった。

一両をつまんだまま、忘れようとしても忘れられない過去の出来事を思い出していたおてるは我に返った。

たった二個の芋を食べたばかりに幼い兄妹を死に追いやったという負い目は、ぬぐい切れるものではなかった。しかし、この金を自分が盗んだところで、この

店はつぶれもしないし、誰も死ぬことはない。騒がれてすむだけのことだろう。もし死ぬものが出るとすれば、それは盗んだものだ。十両以上は死罪——。それは御定書《おさだめがき》のひとつだった。

死ぬとすればわたしではないか……。

ふっと、おてるは自嘲《じちょう》の笑みを浮かべて小判をもとに戻し、抽斗を閉めた。あんな虫けらみたいなろくでもない男に負けてなるものか……。

おてるは胸中でつぶやくと、邪念を払うように唇を引き結んで腰を上げた。

第三章　目撃者

一

　菊之助と次郎は江橋屋の近所に聞き込みをかけていた。次郎がこの家はすみましたといっても、菊之助は耳を貸さなかった。その家に子供がいるとわかれば、当の子供に会うようにしていた。

　その結果、音吉が攫われた日に夕方まで遊んでいた三人の子供のことがわかった。

　搗《つ》き米《ごめ》屋の伝吉《でんきち》、袋物《ふくろもの》屋の大助《だいすけ》、大工の倅の友次《ともじ》だった。

　伝吉は物静かな男の子でその分、口も重かった。友次はおしゃべりな子で、大助はころころとよく笑う子だった。

「へえ、それで奥山《おくやま》から帰ってどうした？」

菊之助は新堀川に架かる幽霊橋《ゆうれいばし》の欄干《らんかん》にもたれながら聞いた。さっきから問うことに答えているのは友次で、大助がときどき茶々を入れていた。伝吉は同意するようにうなずいてばかりだ。

「帰ってからは……」

友次は空に浮かぶ雲を眺めて考えた。

「お寺の蜂をやっつけに行ったんだよ」

大助が首のあたりを引っかきながらいう。

「お寺ってのはどこだ？」

大助はすぐそこだよと、橋を渡ったところにある寿松院《じゅしょういん》を指す。何でも本堂の庇《ひさし》に大きな蜂の巣があるのだそうだ。四人はそれを竹竿でつついて落とすつもりだったらしい。

「危ないことをするな。下手をすると刺されてしまうぞ」

「大丈夫だよ。寒いから蜂は元気がないんだ」

と、友次が得意そうにいう。

「それで音吉もその蜂の巣をつついたんだな」

「あいつがやろうっていったんだ。だけど、巣が高すぎて届かなかったからあきらめて帰ったんだよ」

「音吉も一緒に帰ったんだな？」

友次はくりっとした目でうなずいた。

菊之助が伝吉と大助を見ると、二人もうんという。

「……音吉と何か約束をしなかったか？」

菊之助は三人の顔を順繰りに眺めてから、言葉を継いだ。

「もう一度蜂の巣を取りに行こうとか、どこかへ遊びに行こうとか、そんな話はしなかったか？」

三人は互いの顔を見合わせて、首をかしげた。そういう話はしなかったらしい。

菊之助は質問を変えることにした。

「それじゃ、音吉が欲しがっているものはなかったかな。誰か知っているものはいないか？　何でもいいんだ。飴《あめ》とか玩具《おもちゃ》とか、いろいろあるだろう。友達ならそんなことを話したりするのではないか……」

「知ってる」

と、いったのは三人のなかで一番おとなしい伝吉だった。何だと聞けば、刀だという。

「刀……そんなものを音吉が欲しがっていたのか？」

「欲しい欲しいといってたよ。お武家の家に生まれたかったたって……」

「……そうか。他にはどうだ？」

菊之助はもう一度三人を眺めた。

「タローかな……」

つぶやくようにいうのは、大助だった。

「タロー……」

「野良犬だよ。音吉は、タローを家で飼いたいといっていたけど、親がダメだといっていたよ」

「その犬はどこにいる？」

「馬場のそば。あの辺に住んでいるんだ」

菊之助は目を光らせた。ひょっとすると、音吉はタローに餌《えさ》を持っていこうとしていたのかもしれない。

「馬場というのは……？」

「堀田原《ほったはら》だよ。タローは茶色くて、まだ小さいんだ」

堀田原馬場は菊之助たちがいる橋から北へ、五町《ちょう》（約五四〇メートル）もないところにある。近くには的場《まとば》があり、正覚寺《しょうかくじ》と大護院《だいごいん》という寺院に隣接している。

三人の子供からは他に引き出せるものはなかった。礼をいって三人と別れた菊之助は、暇そうにしていた次郎を振り返った。

「次郎、江橋屋に行ってきてくれないか」

「へえ」

「あの日、音吉が犬の餌になるものを持っていかなかったかどうかを聞いてこい」

「わかりやした。それで菊さんはどこにいます？」

「その寺で蜂の巣を見ている」

「それじゃ、すぐに」

次郎は尻端折《しりはしょ》りして駆けていった。音吉の葬儀は終わっているはずだから、それとなく聞けるだろう。それに次郎は秀蔵と店を訪ねているし、顔も知られているので、問題はないはずだった。

菊之助は幽霊橋を渡って、寿松院の境内《けいだい》に入った。寺というのはいつも寂しく、また寒々しい。水屋《みずや》をやり過ごし、本堂に向かう飛び石を歩いた。地面は赤黒い色をしており、庭に敷き詰められた白い玉砂利には、熊手の筋目がきれいに通っていた。

本堂脇に小さな観音《かんのん》堂があり、参道の左に蔵があった。塀をめぐらした境内には銀杏《いちょう》や竹、あるいは杉や檜《ひのき》があって、鳥たちがさえずり合っていた。

子供たちのいった蜂の巣は本堂の裏手にあった。庇を支える梁《はり》に一抱えもありそうな大きな蜂の巣が吊り下がっていた。

菊之助は足許を見た。細い竹竿が転がっていた。子供たちはこの竹竿を使って、巣に悪戯《いたずら》しようとしたのだろう。試しに竿を持って伸ばしてみた。どうにか届く程度だ。小さな子供には落とせない代物《しろもの》だとわかった。

そんなことをして山門に引き返したところで次郎がやってきた。

「どうだった？」

「へえ。あの日、音吉は飯炊きの女中に残り物をもらったそうです。それが昼過ぎだったといいます」

「馬場に行ってみよう」

餌を運ぶ音吉は、江橋屋から一番近い道を使ったと思われる。

それは江橋屋の勝手口から西福寺東側の細道を抜け、小石川富坂町代地《こいしかわとみさかちょうだいち》の町屋を抜ける経路だった。菊之助と次郎は、その道を想定して歩いた。距離にして四町（約四三六メートル）ほどだからたいしたことはない。だが、めあての犬がどのあたりにいるかである。馬場には丸太棒の囲いがめぐらしてあり、馬場守《ばばもり》の建物と馬小屋が南のほうに建っていた。寒い時季なので臭いはきつくないが、春先から夏になると、このあたりは馬糞の臭いが強いところだ。馬場の東側は町屋《まちや》となっているが、西側は旗本屋敷と大名屋敷なので静かな通りだ。日が暮れるとさらに寂しい通りになるだろう。

北側にまわったとき、

「菊さん」

と、次郎が菊之助の袖を引っ張った。

馬場のなかに三本の大きな欅《けやき》がある。夏場、馬を涼ませるために植えられたものと思われる。そのそばにある小さな灌木《かんぼく》の一本に、よれたなりの侍が犬をつないでいた。犬は大助がいったように、茶色くてまだ小さかった。やがて犬をつなぎ終えた男は、馬場を抜け、壊れかけた囲い柵に体を差し入れて通りに現れた。

「つかぬことを訊ねるが……」

菊之助が声をかけると、男は袴の埃をはたき落として振り返った。無精髭《ぶしょうひげ》に月代《さかやき》を伸ばし放題にしていた。どうやら仕事にあぶれた浪人のようだ。酒の臭いをかすかに漂わせている。

「なんだ」

「あの犬の名は、もしやタローといわぬか?」

そう聞いた瞬間、男に殺気が走った。かっと目を剝《む》くと、刀の柄に手をかけるが早いか、そのまま斬りかかってきた。

二

「なにしやがる!」

男の斬撃を避《よ》けて、飛びすさった次郎が怒鳴った。それでも男は怯《ひる》むことなく、二の太刀を送り込んできた。菊之助はとっさに次郎を突き飛ばし、上段から振り下ろしてくる斬撃を、半身をひねってかわした。

「ぬっ」

かわされた男は口をへの字に曲げた。

「何故、斬りかかる。こっちは無腰《むごし》だ。見ればわかるだろう」

菊之助は鋭い眼光を飛ばして男を戒《いまし》めようとした。

「てめえら……」

うなるようにいった男は、また斬りかかってきた。だが、その太刀筋は鋭くない。菊之助は下がってかわした。

「馬鹿な真似をするんじゃねえ！」

次郎が十手をかまえて、菊之助を庇《かば》うように前に立ち塞がった。男の目がその十手に注がれた。房《ふさ》も何もついていない十手だ。

「町方の手先ってわけか。だからどうしたってんだ」

男はまた撃ちかかってきた。

「どけ」

短くいった菊之助は次郎の十手を奪い取るなり、相手の刀を撥《は》ね上げた。ついで、素早く懐に入り込み、左肘で相手の喉を押すようにして倒した。

男はどおと、尻餅をついて土埃を立てた。そのまま菊之助は馬乗りになり、男の首に十手をあてがい、右腕の刀をもぐようにして奪い取った。

「何故、斬りかかってきた」

地面に倒された男は、悔しそうに口をゆがめ、殺せといった。

「たわけたことをいうな」

禍々《まがまが》しく光っていた男の目には、最前の強い光はなかった。逆に情けなさそうに唇を噛みしめた。

「……どうした？」

「音吉を攫ったやつじゃねえかと思ったんだ」

「なんだと……」

菊之助は眉宇《びう》をひそめた。

「違うんだな……」

「音吉を知っているのか？」

「ああ」

「おれたちは音吉を攫ったやつを捜しているのだ」

男は、大きな息を吐き出した。やはり酒臭い。

「放してくれねえか。逆らいはしねえよ」

菊之助はゆっくり離れて、十手を次郎に返した。男は腰を上げて、着物についた埃をはたき、頭をぼりぼり掻《か》いた。

「音吉を知っているといったが、まさか攫ったやつを知ってるわけじゃないだろうな」

「見た」

「……見た？　下手人を見たというのか？」

「ああ」

菊之助は目を瞠った。

「どういうやつだった」

「ちょいと待ってくれ、こんなところで立ち話はできねえよ。どこかその辺で酒を奢《おご》ってくれねえか」

「……よかろう」

菊之助は黒船町《くろふねちょう》まで歩いてゆき、一軒の飯屋を見つけてそこに入った。男の名は石神助九郎《いしかみすけくろう》といった。風来坊の浪人で、元は下野黒羽藩《しもつけくろばね》の郷士《ごうし》だったという。食うに食えなくなり江戸に流れてきたようだ。

石神は頼んだ酒が届くと、うまそうに喉を鳴らした。

「音吉がどうなったか、知っているな？」

菊之助は石神が落ち着いたところを見計らって聞いた。

「……知ってるよ。江橋屋に忌中《きちゅう》の紙が貼ってあるのを見たからな。やつに殺されたんだ」

「やつとは誰だ？　おぬしの知っているやつか？」

「いいや、知らねえ。音吉を呼びに来て店に連れ帰るのを見ただけだ。顔も見ちゃいねえ」

「おい、そのときのことを詳しく話してくれ」

「酒を飲ませてくれりゃ、いくらでも話すさ」

菊之助はお代わりの酒を注文した。

石神の話はこうであった。


いつものように音吉が餌を運んでくると、二人してタローに食べさせた。

「うまそうに食うな」

「腹が減ってるんだよ。おじさんが昨日食べさせなかったからだよ」

咎められた石神は苦笑いをした。

「昨日は何かと忙しくてな。……悪いことをした。そう責めないでくれ」

「仕方ないよ。おじさんは貧乏なんだから」

「ませたことをいいやがる。だが、おまえの親も頑固だな。犬一匹ぐらい飼ってくれりゃいいのに」

「ほんとだよ。おじさんからもいってくれるといいんだけど……」

音吉はタローの頭を撫でながらいった。タローはあっという間に餌を食べ終わった。

二人がいるのは、馬場にある欅のそばだった。そこだとうまい具合に雨露をしのげるから、タローも気に入っていたようだ。石神は世話になっている寺に連れて行ったが、タローは決まって馬場に帰ってしまう。

そんな経緯《いきさつ》があり、自《おの》ずとタローの棲家《すみか》は馬場の欅下となった。

餌をタローに食べさせた二人は、いつものように愚にもつかぬ話をした。タローの話が中心だが、ときに石神は作り話をして音吉を喜ばせた。

だが、その日は音吉を呼びに来たものがいた。男は柵の向こうから声をかけた。

「音吉、急用ができたと番頭が呼んでいるぞ」

「おじさんは誰？」

音吉は首をかしげながらいった。夕闇はすでに濃くなっており、男の顔はよく見えなかった。

「店に頼まれてきたんだ。早くそこから出てこい。大事なことらしいのだ」

「よくわかんないけど、今行くよ」

音吉はタローの頭を撫で、それから石神に別れの挨拶をして、馬場を出ていった。呼びに来た男は、音吉がそばに行くと、背中に手をまわして店のほうに戻っていった。


「おれが知ってるのはそれだけだ」

石神は話し終えて、煙草を喫《の》んだ。

「顔は見えなかったのか？」

「暗くてわからなかった。だが、侍だった」

「顔はまったく覚えていないか？」

「だから見えなかったといっただろう」

「年や身なりはどうだ？　痩せていたか太っていたか？」

石神はしばらく目を宙に留めたが、よくわからないといった。

「……その男は音吉を店のほうへ連れて行ったんだな」

「そうさ」

「だが、店に連れ戻ったかどうかはわからない……」

「おれはタローと一緒に馬場で見送っただけだ」

菊之助は障子についている染みを凝視した。手がかりがつかめたと思ったが、あわい期待でしかなかった。

三

おてるはこまめに働く女だった。また、勤めている玉亭に重宝《ちようほう》がられていることも、傍目《はため》からもよくわかった。

おてるを使いに出す女将の言葉つきや態度からもそれが窺《うかが》えた。また、住まいの長屋の連中もおてるに好感を持っているようだったし、ひとり息子の文吉も隣近所のものがよく面倒を見て可愛がっているということもわかった。

おてるを見張っているお志津は、菊之助から話を聞いたとき、正直なところおてるに対してあまりいい印象を受けなかった。だが、身をひそめ様子を窺っているうちに好感を持ちはじめていた。ただ、気になるのが、どことなく落ち着きのないおてるの目であり、翳《かげ》を引きずっているような暗い顔だった。

夫はどうしたのだろうか？　ひとり息子を抱えて生きる女は何もおてるひとりではないが、それでも女手ひとつで暮らしを立てるのは並大抵《なみたいてい》のことではない。それはお志津自身が身をもって知っていることだ。

おてるは昼過ぎに店を離れ、一度家に戻ると、文吉の昼餉《ひるげ》の世話をして、またせわしなく店に戻った。菊之助は風体《ふうてい》のよくない男につきまとわれているといったが、その気配はなかった。

店に戻ったおてるは表が黄昏《たそが》れるまで、姿を現さなかった。日が沈みはじめ、江戸の町が夕闇に包まれると暖簾を上げに表に出てきたが、すぐに店のなかに引っ込んだ。それから一刻ほどしておてるは自宅長屋に戻った。お志津はそれを見届けてから家に帰った。

「男は現れなかったか……」

家に帰った菊之助は、お志津の報告を受けると、独《ひと》りごちるようにいって茶を飲んだ。

「その男って、おてるさんとどんな間柄なのかしら？」

「亭主とは思えぬが、たしかなことはわからない」

「……その男は、またおてるさんを訪ねるかしら？」

お志津は夕餉を運んできていう。膳部《ぜんぶ》にはぶりの煮付けに炒《い》り豆腐、それに切り干し大根が載せられていた。

「受けた感じからすれば、あの男は黙って引き下がるようには思えぬ」

「何か、おてるさんが困るようなことを持ちかけているのでしょうか」

菊之助はお志津の酌を受けた。

「そんな気がする。おまえもやるか」

菊之助が勧めると、お志津は素直に酌を受けた。

「ところで、菊さんのほうはどうなの？」

「うむ。音吉がいなくなった晩のことがわかった」

「ほんとですか？」

「ああ。音吉は、さる浪人と野良犬の面倒を見ていたようだ」

菊之助は堀田原馬場で会った石神助九郎から聞いたことを、そっくり話してやった。

「でも、その石神という方は音吉ちゃんを連れに来た男の顔を見ていない……」

「どんな体つきだったか、それもわからないという」

「でも、侍の恰好だったのですね」

「うむ、侍だったと石神はいった。だが、浪人だったのか、そうでなかったのか……そのあたりのことが曖昧《あいまい》なのだ」

菊之助は炒り豆腐を箸でつまんだ。

お志津は盃を膝に置いて、何やら思案に耽《ふけ》り、しばらくしてから、

「江橋屋さんは札差ですね」

ぽつりと声を漏らした。

「うむ」

「それに音吉ちゃんには友達がいましたね。仲のよい三人が」

「いかにも……」

「下手人はその三人には目をつけず、音吉ちゃんに的を絞っていたということではありませんか……」

「そうであろう」

菊之助はぶりの身をほじり、白い身を口のなかに入れた。

「つまり馬場に呼びに来た男は、音吉ちゃんを尾《つ》けていたのではありませんか」

「おそらくそうであろうな」

「番頭さんが呼んでいる、といったのでしたね」

「うむ」

菊之助は燭台《しょくだい》の明かりを片頬に受けるお志津を見た。盃一杯の酒を飲んだだけで、その頬を桜色に染めていた。目はいつになく真剣だ。

「何か気づくことでもあるのか？」

「下手人は店のことをよく知っていなければなりません。いや、詳しくなくても江橋屋に可愛がられているひとり息子がいることを、少なからず知っていたはずです。それに江橋屋にいかほどの儲《もう》けがあるかも、おおよその見当をつけられる人でなければならないでしょう。下手人は音吉ちゃんの友達のことも当然知っていたでしょう。でも、下手人が目をつけたのは音吉ちゃんだった。拐かして二百両という大金を出せるのは、江橋屋しかないとわかっていたからです」

「……その通りだろう」

相づちを打つ菊之助は、お志津のつぎの言葉を待った。

「つまり、下手人は江橋屋に出入りしたことがあるのではないか」

「そういうものは数え切れないほどいるのではないかしら」

「……絞り込むことはできるのではないでしょうか。札差の世話になるのは旗本か御家人と相場は決まっているはずです。しかも、音吉ちゃんを連れに来たのは侍。その侍も旗本か御家人だったのではないでしょうか……単なる浪人でなく……」

「切り米手形《きりまいてがた》はお役についているものが受け取り、そして札差に頼んで金に換えるのが通例……いや、無役であってもそれなりの家禄があれば……」

つぶやきを漏らす菊之助は、手許の酒を見つめつづけた。何かが頭の隅で弾けようとしていた。そこに小さな手がかりが見えるようであった。遠い闇のなかに消えては見える小さな火明かりのように……。

「明日もう一度、石神に会ってみよう。それから江橋屋の帳面を見せてもらうべきかもしれない」

菊之助は卒然《そつぜん》と顔を上げてつぶやいた。

もっとも、江橋屋は帳面を見せるのを渋るかもしれない。だが、ことは音吉を殺した下手人を突き止めるためである。出入りしている武家の名を、別に筆記してもらうこともできる。さらに絞り込むとすれば、江橋屋と揉《も》めたことのあるものだ。人は十人十色《じゅうにんといろ》。傍《はた》からすれば、一笑に付して忘れられる些事《さじ》でも、尾を引くように根に持つものがいる。

まずは揉め事を起こしたものからあたっていくという手はある。これは菊之助では交渉できないので、秀蔵にまかせるしかない。

そこまで考えた菊之助は、真顔をお志津に向けた。

「明日もおてるさんを見張ってくれないか」

「ようございますとも」

四

寒さは日増しに緩みつつある。数日前までは霜柱が立っており、井戸だけでなく釣瓶《つるべ》も凍っていたが、今朝はそんなこともなかった。

お志津は菊之助を送り出すと、手際《てぎわ》よく片づけをして、おてるの長屋に足を向けた。小唄の師匠を務めるときには、留袖《とめそで》を着用するが、こっそり他人の行動を見張らなければならないので、黒襟の付いた地味な小袖《こそで》を着ていた。髪は町屋のおかみ連中と同じ丸髷《まるまげ》である。

お志津はちょっと裾をつまんで急ぎ足で十軒店に向かった。朝五つ（午前八時）前なので、おてるはまだ店には出ていないはずだ。昨日も家を出たのは、五つ半(午前九時)前であった。

町屋の小路《こみち》を右へ左へと縫うように抜け、大通りに出ると、朝の人出に出くわした。出仕《しゅっし》途上の武家や、使いに走る商家の奉公人、あるいは大八車を押す人夫。それに腹を空かして歩く野良犬が混じっていた。

おてるの長屋が近づくと、お志津は足取りを緩めた。木戸口から入らずに、表店《おもてだな》をまわりこんで、裏の猫道から長屋の路地を眺めた。ちょうど井戸端で洗い物を終えたおてるが自分の家に帰っていくところだった。

黒襟のかかった袷《あわせ》に襷《たすき》がけをし、帯は前垂れの紐《ひも》で間に合わせていた。日和《ひより》下駄の音をさせて、おてるは自分の家の中に消えた。井戸端では二人の女房が、大口を開けて楽しそうに笑っていた。

一軒の家から子供が走り出てきて、路地を抜けていった。その子と入れ替わるように、おてるの家から文吉が出てきて、首を振るように左右を見、井戸のほうにやってきた。洗い物をしながら笑っていた二人の女房が、文吉にどこへ行くんだいと、気さくに声をかければ、文吉はどこでもいいだろうと、ちょっと生意気な口を利いた。

一瞬、二人はあきれたように顔を見合わせ、太《ふと》り肉《じし》の女房がぺろっと舌を出した。

「ああやって、だんだん生意気になっていくんだよ」

「……機嫌でも悪いのかねえ」

文吉を見送った二人はまた洗い物に戻った。

おてるが家を出たのは、それからしばらくしてのことだった。お志津は急いで表に回り込み、おてるを見つけると、そのままあとを尾けた。

店までの短い尾行である。おてるに変わった様子は見られない。黒襟のかかった鼠地《ねずみじ》梅小紋の袷は裾が長く、裏が藍海松茶《あいみるちゃ》の昼夜帯《ちゅうやおび》を締め、前垂れをしていた。そのまま仕事のできる恰好である。

しばらくすると、おてるは室町《むろまち》三丁目の表通りに向かった。尾《つ》けるお志津は首をかしげた。何か買い物でもしていくのかもしれないと、人波を避けながら歩くおてるの背中を見つめた。おてるが足を向けたのは筆墨屋《ひっぼくや》だった。小さな構えだが、有名な老舗《しにせ》だ。

と、店に入ろうとしたおてるに、すうっと近づいてきた男がいた。肩を叩かれて男を振り返ったおてるが、はっと息を呑んだ。お志津は瀬戸物屋の看板代わりになっている寸胴《ずんどう》切りの旗に顔を隠した。

男はにやりと、いやな笑みを見せると顎をしゃくり、西堀留川《にしほりどめ》のどんつきにつづく浮世小路《うきよしょうじ》におてるをいざなった。小店の並ぶ通りである。

二人は煙草屋の脇に身を寄せて向かい合った。

お志津は話を聞こうと、さり気なく二人のそばを通り過ぎ、ひそめられた声が聞こえる乾物屋《かんぶつ》の前で足を止めた。そのまま聞き耳を立て、乾物を物色《ぶっしょく》する真似をする。今後のことを考え、顔を見られないように手拭いで頬被《ほっかむ》りをした。

男の声が聞こえてきた。

「……しつこいなんていっていいのかい。おれは何も脅してるんじゃねえんだ」

「何が脅しじゃないっていうのさ」

おてるはきつい語調だった。

「まあ、そんなことはどうでもいいんだ。要は揃えてくれりゃいいだけのことだ」

「そんな大金がすぐにできるわけもないし、わたしにはないといってるじゃないの。どうしてわかってくれないんだい。いい加減にしないと、御番所《ごばんしょ》に訴えるよ」

「ずいぶん強気じゃねえか。やれるものならやってみろ。おまえさんのことが何もかも知れることになるんだ。それでもいいなら好きにするがいい」

お志津は男の顔を盗み見た。口の端にへらつく笑みを浮かべ、首を振っていた。

「……そんないやな顔するんじゃねえよ」

おてるはきっとした目で、男をにらんだ。へらついていた男も顔を厳しくした。

「今日は気を利かして道端で声をかけただけだが、つぎはおまえの勤めてる店に挨拶に行くぜ。それがいやなら用意することだ。わかったな」

「……………」

おてるは何も答えず男を睨《ね》めつけている。

「たった二十両じゃねえか。それでおまえは安心して暮らせるんだ。え、そうだろう。ともかく頼んだぜ。今日を入れて三日待ってやる。それで何もかも終わりだ。わかったな」

男はそのまま表通りに向かった。おてるは男の背中を恨みがましそうに見送っていたが、何かを吹っ切るように歩き去った。

お志津はすぐに追いかけたが、通りに出たところで立ち去った男の姿を探した。いた。

紺縞《こんじま》の袷《あわせ》を着た男は、八《や》ツ小路《つこうじ》のほうに向かっていた。それをたしかめてからおてるに視線を戻した。おてるはさっきの筆墨屋に入っていった。

お志津はどうしようかと数瞬迷ったが、すぐに肚を決めて男を追いかけた。

五

「おてる、今日はちょいと早めに店を開けるよ。暖簾はそのあとでいいんだけど、有明屋《ありあけ》から使いがあってね。何でも日の暮れ前に客を接待したいらしいのだよ。そのつもりでいてくれるかい」

おてるは店に出るなり、女将のおしんにそう告げられた。有明屋は湯島《ゆしま》にある大きな紅《べに》問屋で、主の左兵衛《さへえ》は上々得意の客だった。玉亭も無理を聞かないわけにはいかない。

「部屋はどこにしましょうか」

「左兵衛の旦那は床の間のある座敷を好まれる。そっちに案内しよう。あたしゃ、ちょいと髪をさわってもらいに新《しん》さんとこへ行ってくるから、店の掃除を頼んだよ。旦那と弥吉はいつもより早く仕入れに行ったから、おっつけ帰ってくるだろうよ。それじゃね」

おしんは髪をさわりながら、勝手口を出ていった。

見送ったおてるは、小さな吐息をついて襷をかけた。それから客間の掃き掃除をし、雑巾掛けにかかった。表には朝夕の二度の水打ちをするので、それも忘れない。

毎日変わることのない仕事にかかってはいるが、頭の大半は憎らしい半兵衛のことで占められていた。よりによって、あんな男に自分のことを知られるとは思いもしなかった。だが、それを悔やんでも今さら遅いことで、何とかしなければならない。

もっとも、二十両なんて大金は逆立ちしたって出てはこない。だが、あの男は意気地《いくじ》がないくせに、こういったことには蛇のようにしつこい。

どうしようか……。

雑巾を絞りながら、おてるは黒光りのする床柱を見る。頼りになる男がいれば、追い払ってもらうところだが、そんな男もいない。

卯兵衛か女将に相談して、前借りを頼んでみようかと思うが、二十両は多すぎる。当然、理由を聞かれるはずだ。

でも、何かよい言い訳はないだろうかと考えるが、文吉をダシに使うわけにもいかない。二両三両なら、卯兵衛も女将もどうにか都合してくれるだろうが……。

せめて五両……。それで半兵衛はあきらめてくれないだろうか。

思いだしたくもない顔を脳裏に浮かべて、唇を噛んだ。あんな男、死んじまえばいいんだと思う。誰かに殺されちまえば……。だけど、そんなことは滅多にあることではない。やはり二十両を作らなきゃならないのだろうか。

二十両……。

半兵衛に開き直ったらどうなるだろうか？　そんな金はできないときっぱり断って、撥《は》ねつけるとしたら……。

半兵衛のことだ。店にやってきて、ああだこうだと嫌がらせをするだろう。それだけではすまず、わたしの過去を洗いざらいしゃべってしまうかもしれない。そうなったら店にはいられなくなる。それはそれで仕方ないかもしれない。別に働き口を探せばいいだけのことではないか。

……今日を入れてあと三日。半兵衛はそういった。

二日後に店をやめれば……この店に迷惑はかけなくてすむ。そうしようか……。

あれこれ頭を悩ませながら客間の掃除を終えた。裏庭に出ると、剪刀《せんとう》で一輪挿しに使う水仙《すいせん》を見繕った。椿の花はもう使えなくなっているので、代わりに庭の隅にある蕾《つぼみ》をつけた木瓜《ぼけ》の枝に剪刀を入れた。蜜柑《みかん》の木で目白《めじろ》がさえずっていた。

水仙と木瓜を持って板場横を通ったとき、帳場に目がいった。先日見た手文庫はなかった。卯兵衛かおしんが自分たちの寝間にしまったのだろう。

だが、客間の一輪挿しを活け替えているとき、また例の手文庫を思い出した。あのなかに入っていた山吹《やまぶき》色の金子《きんす》。あれがあれば、これまで通りの暮らしができる。重宝《ちょうほう》してくれるこの店にもいることができる。

盗んだことがわからなければ……。

おてるはまばたきもせず家の気配に耳をすました。今は誰もない。主夫婦の部屋を……。そう思う先から足が動いていた。気づいたときには襖を開け、あわい障子越しの光の射す寝間を眺めていた。女将の簞笥が三棹《さお》、窓際に文机、その下に硯箱《すずりばこ》と例の手文庫があった。

勝手と表口のほうに目を向け、部屋のなかに入った。そっと手文庫に触れて抽斗を開けた。……金はなかった。

おてるは胸を押さえ、ほっと息を吐いた。あればきっと盗んだかもしれない。なくてよかったと、邪《よこしま》な気持ちを抑えたおてるは、そのまま部屋を出ようとした。隠し戸棚になっている納戸の襖が、一寸（約三センチ）ほど開いているのに気づいたのはそのときだった。何気なく閉めようとしたが、そこに金箱があるのに気づいた。蓋はきっちり閉まっていなかった。

好奇心に駆られたおてるはその蓋を開けて、思わず息を呑んだ。

なんと、金子がざっくり入っていたのだ。それも手ですくいきれないほどの金だ。いったいいくらあるのだろうかと、瞠《みは》った目と同じように口を開けた。

これだけあれば、二十両ぐらい盗んでもすぐには露見しないのではないか。

いや、卯兵衛とおしんを甘く見ないほうがいい。きっちり数えているかもしれない。しかし、毎日数えるだろうか？　そうは思えない。数えるとしても月に一度か二度ぐらいではないか……。

二十両借りるだけだ。当面必要なだけ借りて、あとで戻せばいいのではないだろうか。だけど、二十両をどうやって工面する……？

そのとき、ある考えがおてるの頭に浮かんだ。いざとなれば……そう思いを決めると、勝手に手が伸びた。

「半兵衛、明日の仕事は取れたぜ」

「そりゃよかった」

「おめえも遊んでばかりいねえで、そろそろ仕事に出たほうがいいんじゃないのか。このままだとおまんまの食いっぱぐれだ。それにいいにくいことだが……」

「なんだい？」

「そろそろ出ていってくれねえかと思ってな」

長屋の表で聞き耳を立てているお志津は、路地に現れた老婆に目をやった。老婆は人のことなど気にするふうもなく井戸端に行ってしゃがみ込んだ。

おてるにつきまとう男の名は、半兵衛というのがわかった。そしてこの家の男は日傭取《ひようと》りの和助《わすけ》というものだった。

二人がやり取りをする家のなかに、何となく気まずい沈黙が下りたのがわかった。

「……おれが邪魔になったたってわけだ」

しばらくして気分を害したような半兵衛の声が聞こえた。

「そういうわけじゃないが、おまえさんもわかるだろ。他人の家に居候《いそうろう》して、毎日何やっているかわからないような暮らしだ。そんなことを、いつまでつづけているつもりなんだい」

「なんだよ、説教かい。だったら他でやるこった。おれがいつおめえに迷惑かけた。居候の分際《ぶんざい》でえらそうなことはいえねえが、賭場《とば》で泣《な》き面《つら》かいてたおめえを助けてやったことを忘れたっていうんじゃねえだろうな」

「あれは……」

「まあいい。よくわかったよ。遊び人のように毎日ふらついているおれがいたんじゃ迷惑なんだろう。それぐらいおれだってわかってら。だがよ、おれはただ遊んでるわけじゃねえんだ。金の工面をして、おめえにも少しぐらいいい思いをさせてやろうって、あちこちに手を打ってるんだ。このしけた暮らしから、おめえを抜け出させてやろうとな……。人の気持ちも何も知らずに、この野郎……」

「怒ることはないだろ。おれは何も……」

「うるせえ！　気分悪いから出てってやるよ。この恩知らずがッ」

半兵衛の立ち上がる気配がしたので、お志津は慌てて路地を抜けた。

そこは深川常盤町《ふかがわときわちょう》三丁目にある寂れた裏店《うらだな》だった。

急いで表通りに出たお志津は、ふっと息を吐いて後ろを振り返った。憤《いきどお》った顔をした半兵衛が長屋の路地から飛び出してきたのはすぐだった。ペッと地面につばを吐くと、二ツ目之橋《ふたつめのはし》のほうへ急ぎ足で去っていった。半兵衛の背中を見送ったお志津は、きゅっと唇を引き結んでにらんだ。

六

菊之助は朝のうちに秀蔵に会おうと思っていたが、それは叶《かな》わなかった。なんでも別の事件が出来《しゅったい》したらしく、町奉行所に入ったまま出てこないのである。

昼四つ（午前十時）の鐘を聞いたとき、取り次ぎをしてくれている小者の寛二郎が、菊之助の待つ西紺屋町の茶店にやってきた。

「やっぱりもう少しかかるようです」

寛二郎はそばに来るなりそういった。

「よほど大きな事件でも起きたか？」

「いえ、それはあっしにもまだよくわかっておりません。ですが、同心の旦那がたは溜まり場で膝詰めで話をしております。何か起きたのは間違いないでしょうが……」

「それじゃ、まあ仕方ないな」

「それで旦那から言伝《ことづて》なんですが、荒金の旦那の話も聞きたいそうなので、昼過ぎに『翁庵《おきなあん》』で落ち合いたいとのことです」

「……よかろう。それまでには、こっちも少し進展があるかもしれぬ」

西紺屋町の茶店を出た菊之助は、堀田原馬場に向かった。そこで石神助九郎に会えなければ、彼が寄宿しているという寺を訪ねるつもりだった。

今日は風が冷たく、空には寒々しい巻雲《けんうん》が広がっている。日輪もその雲に遮《さえぎ》られ、弱々しい光しか落としていない。

堀田原馬場に行く前に江橋屋の前を通ったが、店は平常通りに開いていた。音吉の葬儀一切は落ち着いたようだ。もっとも、主夫婦の心は穏やかではないだろうが。

馬場では稽古が行われていた。打裂羽織《ぶつさきばおり》に馬乗袴《うまのりばかま》を穿《は》いた武士が、馬を疾駆《しっく》させていた。その数三頭。馬は鞭《むち》を打たれるごとに早駆けになり、泥土を後ろに跳ね飛ばしていた。ソレ、ソレッ、というかけ声が馬場のなかで起きている。馬は南北に一町半（約一六四メートル）ほどある馬場道を、疾駆してはまた駆け戻るのを繰り返していた。

菊之助はタローがいるはずの欅下を眺めたが、姿はなかった。石神助九郎の姿もない。しばらく乗馬の稽古を見学してから馬場をあとにした。

石神は浅草寺《せんそうじ》と下谷《したや》のなかほどにある、円長寺《えんちょうじ》という小さな寺にいることがわかっていた。近くには越中富山《えっちゅうとやま》藩前田《まえだ》家の下屋敷があるが、西側一帯は浅草新坂本町《しんさかもとちょう》の百姓地となっている。

円長寺は朽《く》ちた寺だった。境内の掃除もあまり行き届いておらず、無論参詣客も見あたらない。本堂の格子戸も閉まったままだ。その裏手に住職の母屋《おもや》があった。石神は本堂脇の小さな庫裡《くり》に寄宿しているといった。だが、それらしき建物はない。竹林を背負った小さな納屋《なや》があるだけだ。藁葺《わらぶ》きの屋根には小石が乗せてあり、苔《こけ》と一緒に雑草が生えていた。

「もし、石神殿はこちらか」

菊之助が声をかけると、

「うおーっ」

欠伸《あくび》まじりの声が返ってきた。誰だという声がつづく。

「荒金だ。ちょっとたしかめたいことがあって来た。開けてよいか」

「今外に出るよ」

石神は寝ぼけ眼をこすりながら外に出てきた。無精髭が一層濃くなっており、寝起きのせいかどうかわからないが目が赤くなっていた。

「なんだい？」

肩をすぼめ、脇の下を掻きながら聞いてくる。

「音吉を迎えに来た男のことだ」

「また、そのことか……」

石神は耳をほじくった。

「おまえさんは、背恰好はわからないといったが、侍だといった」

「そう見えたからな」

「なぜ侍だとわかった」

「そりゃ大小を差していたからだよ」

「だが、顔は見なかった……」

「暗かったんだ」

「浪人だったろうか、それとも、それなりの家格のあるものに見えただろうか」

「……」

「さあ、それはどうかな……」

石神は無精髭をさすりながら、視線を泳がした。

木立で鳥たちが鳴き騒いでいた。

「どうだ」

「浪人のように見えたが、あれは袴を穿いていたのではなかったな。……ふむ。いや、羽織袴をつけているように見えたな」

「たしかだな」

「……顔は見えずとも、その影はわかる。うむ、そうだ。やはり羽織袴だった」

石神は確信のある目を菊之助に向けた。

「顔はどうだ？　もう一度よく思いだしてくれないか……」

「顔か……」

石神はうなり声を漏らし、何度か首をかしげたが、やはり顔はわからないといった。だが、これで相手が羽織袴だったことはわかった。だが、浪人者でも羽織袴をつけているものはいる。

「声はどうだ？　野太かったか、それとも細かったか？　癇《かん》に障《さわ》る声とか、いろいろあるだろう。もしや、聞き覚えのある声ではなかったか……？」

「声か……声まではな。だが、聞き覚えのある声ではなかったな」

もう少し何か手がかりが欲しいと思い粘ってみたが、石神からはそれ以上のことは聞けなかった。

「旦那、ちょっと待ってくれ」

礼をいって背を向けると、呼び止められた。

最前と違い、石神の目に卑屈《ひくつ》な媚びの色があった。

「なんだ？」

「音吉はおれと仲のよかった子供だ。それに一緒にタローの面倒を見ていたということもある。何か役に立てるようなことがないかと思うんだ」

「……そうか」

「いつまでもこの寺の世話になってるわけにはいかないんだ。住職は用心棒代わりだから、いてもかまわぬというが……」

菊之助は境内をひと眺めした。見るからに貧乏寺だとわかる。とても盗人《ぬすっと》が入るとは思えない。用心棒代わりというのは、単に住職の慈悲であろう。

菊之助は石神に視線を戻した。

顔はともかく、下手人を見たのは今のところ、この男だけだ。それに音吉と仲もよかった。そうすると、本人は気づいていないだけで、音吉と一緒にいるときに下手人と接触しているかもしれない。ときに、消えていた記憶がふと蘇るということもある。

「よかろう。それじゃ、ついてこい」

「それで、ものはついでにひとつ頼みがあるんです」

石神は腰の低いものいいをした。

「……」

「手許不如意《ふにょい》なもので、ほんの少しばかり貸してもらえるとありがたいのですが」

菊之助は黙って小粒を握らせてやった。

「かたじけない」

七

石神を連れて翁庵に行ったが、秀蔵はまだ来ていなかった。この店の蕎麦《そば》は細い割には腰があり歯応えがよい。つゆも逸品なので菊之助のお気に入りだった。本材木町《ほんざいもくちょう》三丁目、新場橋《しんば》の近くにある。

「好きなものを食え。ただし、酒は駄目だ」

小上がりに腰を据えるなり、菊之助は石神に釘を刺した。駄目ですかと、しょんぼりする。

「日のあるうちは慎《つつし》んだがよい。それに、おまえは下手人捜しを手伝うのだ。それを忘れるな」

「……わかりました」

石神は盛り蕎麦を三枚頼んだ。言葉つきは変えたが、遠慮のない現金な男だ。

「じきにやってくると思うが、横山秀蔵というのは厳しい男だ。おまえも武士の端くれと思っているなら礼節を忘れるな」

「何だかんだと荒金さんは口うるさい」

ずるずると蕎麦をすする石神を、菊之助はひとにらみした。

それからしばらくして秀蔵がやってきた。小者の寛二郎がついている。秀蔵は渋い顔をして菊之助から石神に視線を移した。

「こやつは？」

「音吉と一緒にタローという野良犬の世話をしていた男だ。それだけじゃない。下手人を見ている」

「なに……」

秀蔵の流麗な眉が動き、目が細められた。菊之助は音吉が連れ去られたときのことを、石神に代わって話してやった。

「……顔は思いだせねえか？」

話を聞き終えた秀蔵は、石神をじっと見つめた。

「あんときゃ夕闇が濃くなっておりましてね」

「着物の柄とかそういうのはどうだ？」

「はあ、それも……」

石神が首を振れば、秀蔵は細いため息をついた。

「それでおまえの話とは？」

秀蔵は天麩羅《てんぷら》蕎麦を注文してから菊之助に顔を向けた。

「この石神のいうことを含め、あれこれ考えをまとめてのことだが、下手人は端《はな》から音吉を攫おうと計画していたはずだ。音吉には仲のよい子供が三人いる。当然、その子らのことも下手人は知っていただろう。だが、他の子には目もくれず音吉だけを狙った」

「……………」

「それに、下手人は番頭が呼んでいるといって音吉を呼びに来た。そうだったな」

菊之助が石神に同意を求めると、そうですすと応じる。

「つまり、下手人は少なからず江橋屋のことを知っていなければならない。行き当たりばったりの仕業とはとても思えぬ。おそらく音吉が石神と一緒に野良犬の面倒を見ていたのも知っていただろう」

「ふむ」

「それよりも、なぜ音吉が狙われたかだ。これを煎《せん》じ詰めて考えてゆけば、やはり狙いは金であったのはいうに及ばず、江橋屋に何か遺恨《いこん》あってのことだと考えることもできる。そうなると、江橋屋と少なからず関わりがあったものだ」

「当然、そのことは調べている」

「……漏れているかもしれぬ」

菊之助の言葉に、秀蔵は眉間にしわを彫った。

「音吉を呼びに来た男は羽織袴に大小を差していた。浪人だと考えるよりは、禄米を受けているものだと考えるべきではないか。札差の世話になるものは、おおかた限られる」

「とんでもない数だぞ」

菊之助はゆっくり蕎麦つゆを飲んでから言葉を継いだ。

「……人の気質はさまざまだ。江橋屋に罵詈雑言《ばりぞうごん》を投げつけたとしても、意外や

それだけですますものもいる。逆に江橋屋の応対や利子に不服があっても、黙って引き下がり陰口をたたき、ひそかに根に持ちつづけるものがいてもおかしくはない」

「何がいいてえ」

秀蔵はいつもの口調に戻った。

「江橋屋を利用した客のなかに、そういうものがいたはずだ。客を洗っていけば、下手人を絞り込めるかもしれぬ」

「……根に持つような陰気なやつをふるいにかけていくってわけか。だが、どの客が陰気だったかということを決めるのは容易《たやす》くねえだろう」

「そうだろうか」

「……………」

「多くの客と接する商人は、人を見ている。たとえ初めての客でも、これは律儀《りちぎ》な客、口達者なだけで軽薄者ではなかろうか、あるいは口数が少なくて大人しいが、この客はきっと一癖ありそうだと……。臈長《ろうた》けた商人というのはそのぐらいは見抜くはずだ。人を見る目は江橋屋も甘くはないだろう」

「なるほど」

秀蔵の注文した天麩羅蕎麦がやってきた。秀蔵は遠慮なく手をつけ、先を話せと菊之助をうながした。

「客の質は番頭にもわかっているはずだ。それから、下手人の恨みは江橋屋の主に向けられていたと考えるのは当然のことだろうが、思いもかけず主の女房なのかもしれぬ。そっちも探ってみてはどうかと思うのだが……」

秀蔵は蕎麦を食べる箸を休めなかった。しかし、深い思案をめぐらしている目をしていた。それでも蕎麦を口に運び、うまそうにつゆをすすった。

「……わかった。いいことを教えてくれた。早速手をつけることにする」

秀蔵は口についたつゆを手の甲でぬぐって箸を置いた。

「それで、何か大変なことでもあったのか?」

「ふん。話にならねえ」

秀蔵は鼻を鳴らして、一度石神を見た。

「ま、外に漏れてもかまわねえか。じつにくだらんことだ。見習い与力が吉原《よしわら》の女郎《じょろう》と心中しちまったんだ。それで騒いでるんだ。殺しだと思われたが、結句《けっく》、恋路の果ての心中だ。死んだ見習いより、親が大変でな。ま、それは片が付いた」

そのとき、次郎が走り込んできた。いつになく血相を変えている。

「旦那。あれ、菊さんも……」

「どうした？」

「へえ、音吉の下手人かもしれねえやつが見つかったんです」

「なんだと」

秀蔵が瞠目《どうもく》すれば、菊之助は尻を浮かした。

第四章　迷走

一

　そこは浅草奥山から北へ二町（約二一八メートル）ほど行った百姓地にある、一軒の茅葺《かやぶ》き屋根の家だった。土地のものが畑屋敷《はたやしき》と呼んでいる地で、あたりは麦の青い畝《うね》と野菜畑が広がっている。賊がいるという茅葺き屋根の家は、小川の流れる畔《ほとり》にあり、雑木林を背負っていた。

　次郎の案内で駆けつけた菊之助と秀蔵たちは、林のなかに身をひそめた。見張っていた五郎七が、目障りな蔦《つた》を払いのけながら秀蔵のそばにやってきた。

「音吉を攫ったやつというのはたしかなんだろうな？」

　秀蔵が五郎七に聞いた。

「へえ、子供を連れた浪人があの家に入るのを見ています」

「それも、音吉がいなくなった夜のことだといいます」

五郎七の言葉に次郎がいい添えた。二人は聞き込みをしているときに、近くの百姓からその話を聞いたと目を光らせた。

「……賊はいるのか？」

秀蔵が茅葺き屋根の家に目を注ぎながらいう。その家からは薄い煙が流れ出ていた。台所の竈《かまど》に火がくべられているのだ。

「二人です」

答えた五郎七は顔にあたる枝を払った。端整《たんせい》な秀蔵の表情が引き締まった。

「浪人なのだな？」

聞くのは菊之助である。

「へえ、浪人です」

五郎七が声を押し殺して答えた。

「羽織袴をつけているか？」

「いえ、着流しです」

菊之助は茅葺きの家を凝視した。

林のなかで鳥たちが鳴き騒いでいる。百舌《もず》と鵯《ひよどり》だ。

着流し……。気になった菊之助は、石神を振り返った。

「下手人は羽織袴をつけていたのだったな」

「そうでした」

「ふむ」

うなったあとで、菊之助はすでに獲物を狙う鷹のような目になっている秀蔵を見た。

「どうする?」

「押さえるさ」

秀蔵はそういったあとで、菊之助に表にまわれと指図した。

「挟み打ちだ。家のなかの様子を見て、おれが指笛を吹く。それを合図に押し入る」

「わかった。次郎、石神、ついてこい」

菊之助は二人を連れて雑木林をまわりこむと、腰を低めて大根畑の畝を小走りに駆けた。隣の畑には小松菜《こまつな》が植えられていた。

件《くだん》の家は森閑《しんかん》としている。相変わらず台所の蔀戸《しとみど》から煙がたなびいていた。

菊之助は家の正面にまわりこむと、小さな土手に身を隠した。

「次郎、石神、慌てるな。召し捕らえるだけだ」

「面白くなってきた」

石神が舌なめずりをして、刀の柄《つか》をしごいた。

「斬るんじゃないぞ」

菊之助は石神をたしなめてから、言葉を足した。

「おまえたちはしばらく控えているんだ。まずは相手の出方を見る」

秀蔵らのいる雑木林に三羽の鴉が飛来して、うるさく鳴いた。ピーッ、という指笛が聞こえたのはすぐだった。

「次郎、十手を貸せ」

無腰だった菊之助は次郎の十手を受け取ると、そのまま目の前の家に駆けた。

戸口前に庭があるが、雑草がはびこっていた。

「南町奉行所だ。神妙にいたせ！」

秀蔵の凛《りん》とした声が屋内に響き、激しく蹴破られる戸板の音がした。「わあ」とか「何だ！」という声があがった。

菊之助が戸口を引き開けようとしたとき、縁側の雨戸が蹴破られ、ひとりの男

が飛び出してきた。庭に下りたその男は菊之助に気づくと、刀を引き抜いて、

「てめえら、なにしやがんだ！」

わめきながら打ちかかってきた。

菊之助は前にかざした十手を後ろに引きながら、半身を反らし、男の一撃をかわすなり、その後ろ襟に十手を叩きつけた。

「うっ」

打撃を受けた男はすぐに振り返った。

「てめえ……」

と、目を血走らせ、牙を剝くように口をねじ曲げた。

「おれたちが何したってんだ！」

この野郎、と声を添え足すなり、上段から撃ち込んできた。

菊之助は相手の懐に飛び込むように足をすり出し、襲いかかってくる刀をすりあげるなり、鳩尾《みぞおち》に鉄拳を叩き込んだ。

「うっ……」

男は刀を振りかぶったまま、目を白黒させ、そのまま膝からくずおれた。

すぐに後ろ襟をつかんで、首を絞めて動けなくした。次郎と石神が飛ぶように

駆け寄ってきた。

「次郎、縄を打て」

指図をした菊之助は屋内に目を向けた。騒がしかった家のなかは静かになっており、秀蔵が後ろ手に縛り上げた男を庭に連れ出してきた。

「座れ」

地面に座らされた二人は揃えたように無精髭を生やし、飢えた獣のように目をらんらんと輝かせていた。何ともふてぶてしい面構えだ。

「訊ねることに素直に答えるんだ」

仁王立ちになった秀蔵が、二人の浪人を見据えた。

「ここで何をしていた？」

「何をって、何もしとらぬ。町方とはいえ、あまりにも行き過ぎではないか」

意見するのは頬のこけた痩せた男だった。

「行き過ぎと思うのはおぬしらの勝手だ。御蔵前の札差、江橋屋を知っているな」

「江橋屋……」

小太りの浪人が痩せ浪人と顔を見交わした。

「知っておるだろう。おぬしらが江橋屋の倅・音吉らしき子供を連れているのを見たものがいるのだ」

「何のことです？」

瘦せ浪人は狐につままれたような顔をした。

それを見た菊之助は石神を振り返って、どうだと目で問うた。石神は首をかしげるだけだった。

「札差がどうかしたんですか？　江橋屋なんて名も音吉って名も初めて耳にしました。町方の旦那、何かの間違いじゃありませんか」

小太りがいうのに、秀蔵は目を細めた。

「……嘘を申せば、ただではすまぬのだぞ」

「嘘も何も申されることがさっぱりわかりませんで……」

瘦せ浪人はそういってから、自分たちは下総《しもうさ》から流れてきた浪人で、この家をしばしのねぐらにしながら仕事を探しているといい、重ねて江橋屋などという札差にはまったく覚えがないと語気を強めた。

「おぬしらが子供を連れていたという話がある」

秀蔵の声にも顔にも自信の色が薄れていた。

「それは、おそらく楊枝店《ようじだな》の定吉《さだきち》でしょう」

「楊枝店……奥山の楊枝店のことか?」

「いかにも。定吉の店でちょっとしたいざこざがありまして、それを拙者らが穏《おん》便《びん》に収めてやり、店の主の代わりに定吉が礼に来たんです。暗い夜道は危ないので送り届けたことがあります。決して嘘ではござりませぬよ」

「嘘だと申されるなら、楊枝店に一緒に行ってたしかめてはいかがです」

小太りが自信の体《てい》でいう。

容疑が薄いと見た秀蔵は二人の縛《いまし》めを解いてやり、念のためだと奥山に案内させた。たしかに定吉という小僧のいる店があり、主も二人の浪人のことを話してくれた。

「……とんだ人違いであったな」

奥山をあとにしながら、秀蔵が嘆息《たんそく》した。

次郎と五郎七は面目《めんぼく》ないと肩をすぼめていた。

「気にするな。ままあることだ」

秀蔵は小さくなっている二人を気遣った。

「菊之助、おまえの助言に従い江橋屋に行って調べることにする。今後のことがある。おまえにも付き合ってもらう」

「いいだろう」

「荒金さん」

石神が声をかけてきた。

「おれはどうすりゃいいんです？」

菊之助はしばし考えてから、ねぐらに帰って大人しくしていろといった。

「何か思い出すことがあれば、おれの仕事場を訪ねてこい」

菊之助は源助店を教えてやった。

「役に立てるかどうかわかりませんが、ひょっとすると……」

「なんだ？」

「荒金さんがいったように、声を聞けば思い出すかもしれません」

菊之助はじっと石神を見た。

「何か手がかりがつかめたら、おまえがいるあの寺を訪ねる」

二

お志津は玉亭の前を素通りしては、またしばらくして前を通り過ぎた。店の暖簾はまだ掛かっていないが、開店準備に忙しいのは、小さく開けられた表戸から窺い知ることができた。

おてるが半兵衛という男に二十両を強請《ゆす》られていることはわかった。それに、おてるに強請られるような過去があることも何となくわかった。

おそらく他人に明かせない事情があるのだろうが、二十両は大金である。容易《たやす》くおてるに都合できるような金ではないはずだ。

「ふう、どうしたらよいのでしょう」

お志津は常盤橋に近いお堀端まで来て、つぶやきを漏らした。このまま放っておけなくなった。おてるに近づいて話を聞くとしても、何の面識もない自分に心中の悩みを打ち明けてくれるとは思えない。

玉亭の主に相談を持ちかけるという手もあるが、そうすることによってかえっておてるの立場を悪くしたら迷惑であろう。

それじゃ、あの与太者《よたもの》の半兵衛に会って意見したらどうだろうか……。

お志津はお堀の向こうに視線を投げた。大名屋敷の甍《いらか》が日の光を照り返していた。

まずは菊さんに相談することが一番だろう。思いを決めると、また玉亭の前を通って自宅に帰ることにした。おてるは夕刻まで自宅には帰らないはずだ。それまでに菊之助に会えれば、何か手を打てるかもしれない。

玉亭をあとにしてお志津は足を急がせた。


いつもの開店より早く有明屋の主が来るということで、店はその支度に追われていたが、迎え入れる客間も他の客間も一通り片づいた。あとは有明屋が来るのを待つだけとなった。忙しいのは板場で仕込みをしている主の卯兵衛と板前の弥吉だけだ。

「さあ、一服つけようじゃないのさ」

女将のおしんが一段落したのを見計らって仲居らを集めていった。髪結いに行ってきたおしんの髪にはきれいな櫛目《くしめ》が通っており、簪《かんざし》もいつもより少し派手になっていた。

年増《としま》の仲居が茶を淹《い》れると、みんなは湯気の立つ湯吞みを手で包んで茶を含んだ。おしんの冗談に、仲居頭のお糸とおりきが声を立てて笑う。

おてるも白けた顔をしているわけにはいかないから、追従《ついしょう》笑いをした。しかし、心中は穏やかでなかった。ついに二十両を盗んでしまったのだ。厠《かわや》に行って、帯にしっかり挟み込んでいるので、よもやこぼれ落ちることはないが、罪の意識に苛《さいな》まれていた。

あんなことをするのではなかったと後悔しても、今さら主夫婦の寝間に行くことはできない。見咎められたら、それこそ一巻の終わりである。

「そろそろ梅が咲きはじめたというから、暇を見てみんなで遊びに行こうか」

おしんが髪結い床で聞いた話をすれば、

「お弁当こさえていきましょうよ」

おりきが楽しそうに目を輝かせる。

「朔日《ついたち》じゃ早いから十五日の休みの日でもあてるかねえ。それでどこがいいかしら」

「向島か本所《ほんじょ》の法恩寺《ほうおんじ》はどうでしょう?」

お糸は昨年も行ったが、それは見事でいい香りが今も忘れられないと、目を細めた。

「亀戸《かめいど》の萩寺《はぎでら》も捨て置けませんよ」

おりきも提案した。

これは無量院龍眼寺《むりょういんりゅうげんじ》のことだが、萩が殊《こと》の外《ほか》有名なので土地のものが萩寺と呼んでいる古刹《こさつ》であった。

「萩寺もいいけど、あそこはやはり秋でしょうに……おてるはどう思う?」

お糸が黙っているおてるに話を振ってきた。

「わたしはどこでもよいと思いますけど、近場がよいのではないでしょうか」

「なに、舟を使えば、少しぐらい遠くたってかまやしないさ」

おしんは煙草を喫みながらのんきなことをいう。最近また太ったようで、顎が二重になっていた。

「それじゃ向島《むこうじま》にしましょう。鶯《うぐいす》の声を聞きながら、おいしいお弁当をつまんで昼酒です」

お糸がその日を夢見るような顔をして胸の前で手を合わせると、みんなは楽しそうに笑った。おてるもともすれば引きつりそうになる顔を必死に緩めた。

有明屋が二人の客を連れて店にやってきたのは、日が傾きはじめた夕七つ（午後四時）ごろだった。暖簾を上げないまま客の接待をするおてるは、有明屋左兵衛の向けてくる言葉に、失礼のないように受け答えをし、ときどき燭台《しょくだい》に点されている蠟燭の芯を切ったりした。

粗相《そそう》をすることはなかったが、気もそぞろで早く家に帰りたいと思った。だが、そんな夜にかぎって店は立て込んだりする。七つ半（午後五時）に暖簾を上げると、久しく足の遠ざかっていた得意客が来たり、三日に一度はやってくる常連客が仲間を連れて現れたりした。暇ができたらそのときに長屋に帰ろうと思っていたが、それも叶わず、そのうち腹を空かした文吉がやってきた。

いつものように文吉を帳場横の小部屋で夕食をとらせて待たせたが、仕事は忙しく、やっと落ち着いたのは五つ半過ぎだった。

その間、おてるは帯に挟んだ金を落としやしないか、夫婦の寝間に入ったおしんがなくなった金に気づきやしないかと、それはもう生きた心地がしなかった。実際、おしんは何度となく自分たちの寝間に行っては帳場に戻っていた。

「おてる……」

下げ物を板場に運んだとき、おしんにふいに声をかけられた。振り向くと、何やら厳しそうな顔をしていた。おてるは思わず、心の臓をどきりといわせた。顔

がこわばりそうになったが、おしんは険しそうにしていた目を急にやわらげて、

「こっちへおいで」

と手招きした。

「有明屋の旦那から、おまえさんはよくやってくれるからと、心付《こころづ》けをいただいたよ」

おしんは声をひそめ、お糸とおりきの目を気にした。

「あの二人には内緒だ。文吉に何か買ってやるといいよ。さ、早くしまいな」

おしんは紙に包まれた金を、押しつけるようにおてるに握らせた。

「ありがとうございます」

「礼は今度、有明屋の旦那にいうことだ。もうあとはいいよ。文吉は遊び疲れたのか寝ちまったようだ。風邪を引くといけないから連れてお帰り」

おてるは再度礼をいって下がった。

ほどなくして文吉を連れて表に出たおてるは、大きなため息をつかずにはおれなかった。有明屋左兵衛にもらった心付けを見ると、何と一朱であった。

思いもよらぬ額に内心驚きもしたが、それよりおしんの思いやりが身に堪《こた》えた。

それなのに自分は何ということをしたのだろうかと、金子をきっちり挟み込んで

いる帯に手をあてた。

「かあちゃん、こっちだよ」

文吉と手をつないで歩いていたが、いつの間にか違う角を曲がろうとしていた。文吉にいわれるまで気づかなかった。

「今日は忙しかったから、疲れたんだね。さ、早く帰って寝よ」

おてるは文吉の頭をやさしく撫でた。

三

江橋屋での作業は難航した。菊之助の予想通り、江橋屋三衛門は客の帳簿を見せるのを嫌がり、それを説き伏せるのに手間取ったのがはじまりだった。

さらに、根に持っていそうな客を調べるのには、三衛門と番頭の記憶を手繰《たぐ》らなければならなかった。秀蔵は二人が口にする名を自ら書き留めていったが、一悶着《ひともんちゃく》を起こした客はともかく、何となく胡散《うさん》臭い客に対しては根掘り葉掘り聞かなければならず、それもすんなりとはいかなかった。

結局仕事は、明日に持ち越すことにして江橋屋を出たのは、夜四つ（午後十時）を過ぎていた。

「ずいぶん遅くなったんですね」

家に帰ると、すぐにお志津が迎え入れてくれた。

「江橋屋で手こずってしまってな」

「お食事はどうなさいます」

「秀蔵と軽く引っかけてすましてきた」

上がり框に腰をおろしていた菊之助は、足拭きの雑巾をお志津に返した。

「御酒《ごしゅ》を召しあがりますか？」

「軽くもらおうか。寝酒程度でよい」

「それじゃすぐに」

菊之助は居間に上がると、どっかり腰を下ろし長火鉢にあたった。夜になると寒さが厳しくなり、手がかじかみそうになっていた。

「下手人の目星はつきそうなんですか？」

「まだこれからだ。思ったより手間取るかもしれないが、お志津のいったことが功を奏すかもしれぬ」

「はて、それは……」

「札差に出入りするのは、旗本か御家人だといったではないか。それでぴんと来たのだ。下手人は少なからず、江橋屋と何らかの関わりのあったものでなければならないはずだ。そう申したな」

「たしかに……」

お志津が酒を運んできた。

「それで江橋屋の客を虱潰《しらみつぶ》しに調べることにした」

「虱潰し……」

お志津は目を丸くした。

「もちろん、すべての客というのではない。金を借りておきながら遺恨を持ちそうな客に絞ってのことだ。それで、おてるのほうはどうだった?」

菊之助が酒に口をつけていうと、

「菊さんの案じていたことが当たったようです」

お志津が一膝進めていった。

「話してくれ」

「おてるさんにつきまとっているのは半兵衛というものです。深川常盤町に住む日傭取りの和助という男の長屋に居候をしているのですが、半兵衛はおてるさんを強請っています」

「ふむ」

「半兵衛は二十両を用立てろといっています」

「何をもとにそんなことを……？」

「よくはわかりませんが、おてるさんは事情持ちのようです」

「事情持ち……」

「人にいえない弱味があるのでしょう」

「半兵衛はそれを種に強請っているのか……。それにしても二十両は大金だ」

「おてるさんにはとても都合のつくお金ではないはずです。玉亭の旦那に相談したらどうだろうかと思ったのですが、かえって迷惑をかけることになりやしないかと思い、やはり菊さんに話すべきだと帰りを待っていたんですよ」

「そうであったか……」

菊之助は酒を舐めた。

「金の期限は今日を入れて三日だと半兵衛はいっていました」

「すると、明後日までということか……それまでに金の都合がつかなかったらどうなる？」

「半兵衛は店に乗り込むようなことをいっておりました」

菊之助は短くうなって、長火鉢の猫板を意味もなく撫でた。

お志津が菊之助の反応を窺うように見ている。

「半兵衛はその和助というものの家にいるのだな」

「今日は口論をして半兵衛が家を出て行きましたが……」

その経緯をお志津は手短に話した。

「居候の身なら、ゆく当てもないのではないだろうか。……よし、半兵衛にそれとなく会ってみるか」

「一癖も二癖もありそうな男ですから」

「女を強請るような下衆《げす》だ。相手の出方次第では秀蔵に突き出してやる」

いつになく鼻息の荒いことをいう菊之助だが、おてるの〝事情〟というのが気になっていた。

四

翌日も予定通り秀蔵の調べは行われた。

江橋屋の客座敷には帳簿の写しが広げられており、主の三衛門と番頭の藤七《とうしち》が神妙な顔で座っている。また調べに付き合う菊之助もそばにおり、小者の寛二郎は部屋の隅に控えていた。

しかし、客座敷には気まずい空気が広がっていた。

「こんなことをお調べになって、果たして本当に下手人を捕まえることができるのでしょうか。なにやら手前にしてみれば、自分の裸を曝《さら》しているような心持ちになりまして……」

気まずい空気は、江橋屋三衛門のその一言が、秀蔵の癇に障ったからだった。

隣にいる菊之助も、いささかむっとなった。江橋屋のためにやっていることなのに、三衛門の言葉には非協力的な匂いがあり、また調べに懐疑《かいぎ》的な印象を受ける。

秀蔵が奥歯を噛み、ぎらりとにらみを利かすと、三衛門は臆したように身を引いた。

「江橋屋、下手人が捕まらなくてもよいのか？」

「いえ、とんでもございません」

「ならば黙って協力するのだ。不埒《ふらち》なことを申して、おれの調べを邪魔するのなら、直ちに引きあげてもかまわぬのだ」

「そのようなことは困ります」

三衛門は片手をあげて慌てる。

「よいか、これはおぬしの倅の敵《かたき》を討つためにやっていることだ。自分の裸を曝しているようだの、恥ずかしいだのといっておる場合ではなかろう」

「はは、口が過ぎました。何とぞご機嫌をお直しくださいませ。わたしの知っていることは何でも申します。これ、この通りお願いいたします」

秀蔵の迫力に気圧《けお》された三衛門は畳に額をすりつけた。

「終日《ひねもす》調べつくす。そのつもりでおれ、江橋屋」

「はは」

秀蔵は菊之助に顔を向けて、

「さ、やるか」

と、いつもの口調に戻り、膝を崩した。

金の貸し借りで悶着《もんちやく》が起こるのは常のことで、返済を渋った、あるいは渋りつづけている旗本や御家人のことは大方わかっていたが、その日は腹に一物《いちもつ》ありそうな借り主を中心に洗い出すことにしていた。

これはもう菊之助や秀蔵にはわからないことで、三衛門と番頭の勘働きに頼るしかなかった。

「小笠原《おがさわら》様はどうだろうか？」

と、三衛門が藤七に問えば、

「あのお方は口べたなだけで問題はないと思います」

などと藤七が答える。そうやって、気になる人物を抜き出してゆくのである。

ときどき、どのようなことが気になるのかと、菊之助や秀蔵は問い質《ただ》すのみだ。

菊之助はその作業に一刻ばかり付き合ったが、

「秀蔵、ここはまかせてよいか。おれにはちょいと気にかかっていることがある。そっちを当たりたいのだがな」

「用があるなら遠慮するな」

と、秀蔵はとくに穿鑿もしない。

「それじゃまかせる。何かあったら使いを走らせるか、また戻ってこよう」

菊之助はそういって、江橋屋を出た。

昨夜お志津から聞いた半兵衛のことが気になっていた。二十両という大金をおてるに要求することが解《げ》せないし、また気に食わないことである。だが、おてるもそれだけの弱味を握られているからであろうが、放っておけない心境になっていた。

大橋《おおはし》を渡って本所に入った菊之助は、さらに一ツ目之橋《ひとつめのはし》を渡って竪川《たてかわ》沿いに歩いた。

春の陽光が荷船の行き交う川面に照り返っている。町屋の向こうから鶯の声が聞こえてきた。

和助という日傭取りの住まう常盤町三丁目の裏店は、近場の木戸番を訪ねていくうちにわかった。そこはたしかに裏店だった。菊之助が仕事場にしている源助店より一段格下の長屋といっても過言ではなかった。

どぶ板の半分は外れているか腐っていたし、各戸の戸や板塀も傷《いた》みがひどかった。暑くなれば異臭が漂うに違いない。

和助の家のそばに来た菊之助は足を止めて、しばらく思案した。

直接訪ねて問い質そうと意気込んでいたが、それでは具合が悪いような気がしてきた。か弱い子持ち女を強請《ゆす》る男だ。正面から当たっても、すぐに本性は現さないだろう。

木戸番小屋に戻った。

「和助の家に半兵衛という居候がいると思うが、今もいるかどうかわかるか？」

「いるはずですが……」

木戸番の番太《ばんた》は胡散《うさん》臭そうな目を向けてきた。菊之助はいつもの着流し姿だが、その朝は腰に大刀を帯びていた。

「わけあって話があるだけだが、おれが来たことはこれだ」

菊之助は口の前に指を立てると、番太に心付けを渡した。にわかに番太は相好《そうごう》をくずし、心得たという顔になった。

「和助もいるのか？」

「和助さんは朝早く仕事に出ました」

するとと、半兵衛ひとりが残っているということだ。

「表で待つが、半兵衛が家を出たら、それとなく合図を送ってくれるか？」

「心得ました」

心付けを渡したことで番太は心証《しんしょう》をよくしたらしい。菊之助は番小屋が見える茶店の縁台に腰掛けて待つことにした。

強請《ゆすり》をやめさせるのが第一だが、それでも聞かないようだったら少々手荒い扱いもやむを得ないかもしれない。

半刻待ったが、動きはなかった。暇を持てあます菊之助は空をあおいだり、目の前を通り過ぎる行商や町のものを眺めて、秀蔵の調べはどこまで進んだだろうかと考える。

江橋屋の証言で書き出した旗本と御家人は三十人を下らない。調べは今もつづいているから、その数は五十人を超えるかもしれない。それでも、下手人を突き止めるためなら労を厭《いと》ってはいられない。

そんなことを考える頭の隅には、おてるのこともある。八年の歳月は長いようで短いが、恐怖に震えていた少女は今や立派な大人の女に変身し、子供まである。あのときの母親はどうなったのか、夫はどうしたのだろうかと、そのことも気になる。だがなぜか、自分の仕事のことはちっとも気にならない。急ぎ仕事は終えているので、その分余裕があるせいだろう。

茶のお代わりをし、団子を三本平らげた。天気がよくて風がないので、日向《ひなた》にいれば寒さは感じなかった。日溜まりに寝そべっている猫も大欠伸をしている。

茶店の縁台に腰を据えて、一刻が過ぎたとき、番太が目配せを送ってきた。顎をしゃくり、こっちに出てくるというように合図する。すぐにひとりの男が出てきた。おてるにまとわりついている半兵衛だった。

菊之助は勘定を縁台に置くと、差料《さしりよう》を手にして立ち上がった。

五

長屋を出た半兵衛は竪川沿いの河岸地《かしち》を歩き、六間堀《ろっけん》に架かる松井《まつい》橋のそばにある一膳飯屋《いちぜんめしや》に入った。店には「めし」と書かれた大きな古い提灯が下がっており、戸口の腰高障子はところどころが破れていた。

半兵衛は朝と昼を兼ねた飯を食うのだろう。店はがらんとした土間に、六人から八人が座れる縁台が六つ置かれていた。半兵衛はなかほどの縁台に腰をおろし、片足を膝にのせて茶を飲んでいた。

菊之助はそのそばに腰をおろした。決して愛想《あいそ》がいいとはいえない女中が来て、何にすると、これまた抑揚《よくよう》のない投げやりな口調で聞く。

「熱いうどんはあるかい？」

「うどんですね。あいよ」

「それから熱い酒をつけてくれ」

女中はうなずいただけで暖簾の掛かった台所に戻った。縁台にはそれぞれ手あぶりが置いてある。菊之助は火にあたりながら半兵衛を盗み見た。客は他に三人いるだけだった。

やがて半兵衛に雑炊《ぞうすい》が運ばれてきた。沢庵《たくわん》とみそ汁が添えられている。菊之助にも熱燗《あつかん》が運ばれてきた。

「朝から酒かい。いい身分だね、お侍」

思いがけず半兵衛のほうから声をかけてきた。

「寒いからな」

「……………」

半兵衛は黙って雑炊をかき込んだ。

「近所のものか？」

菊之助は女中がうどんを置いて下がってから、半兵衛に聞いた。

「まあ、近くだな」

「仕事は休みかい？」

「そんなとこです。そういうお侍も暇そうじゃないですか……」

「そうでもない。おれは用心棒稼業だ」

思いつきではない。意図があってそういったのだ。

半兵衛が警戒の目を向けてきた。

「一杯やるか。ひとりで二合《ごう》は多すぎる。それにまだ昼前だ。どうだ、遠慮はいらぬ」

盃を差し出すと、半兵衛は躊躇《ためら》ったあとで、菊之助のそばにやってきた。

「せっかくだから」

と酌を受けて、酒をほした。それから雑炊を慌てたようにかき込む。懐に匕首《あいくち》を呑んでいるのがわかった。

「……もう一杯もらえませんか。懐が侘《わ》びしくってね」

半兵衛は沢庵をぽりぽりやりながら媚《こ》びた目をした。

「遠慮はいらぬ」

菊之助は女中に盃をもらって、半兵衛に渡した。

「これはすまねえこって……遠慮なく」

「……」

「はあ、うめえな。それで用心棒をなさってるとおっしゃいましたが、どこに雇われているんです？」

釣り糸を垂らしたらすぐに食いつく魚と同じだった。

「ほうぼうだ。……金貸しとか料理屋とか」

「へえ、料理屋で……そりゃ、よほどの店でござんしょうね」

「頼まれたらどこでもやるのが、この稼業だ」

「腕は相当なものなんでしょう」

「どうかな……さあ」

菊之助は酌をしてやり、またのらりくらりと話をした。そうやって半兵衛の気持ちがほぐれるのを待った。酒も一合追加した。

「雇われている店に、ある仲居がいてな。真面目で気立てのいい女だ。だが、この女から困っているという相談を受けたのだ」

「へえ、どういうことで……？」

「金を強請られているそうなのだ」

「ほう……」

半兵衛の目が好奇心に輝いた。

「それも二十両だという」

盃を口に運んでいた半兵衛が、ぷっと、酒を噴《ふ》きこぼしそうになった。

「どうした？」

「いえ、何でもないです。それでどうしろといわれたんです？」

「女に二十両などという大金は作れないが、曲者《くせもの》はしつこいらしいのだ。おれは同じ店に雇われている手前放ってはおけぬから、見つけたら叩き斬ってやろうと思う」

「……ど、どこの店の女です？」

半兵衛の目が落ち着きなく動いた。

「日本橋のほうだ。女は幼い子を抱えてもいる。か弱い女を脅すのは許せぬ所《しょ》業《ぎょう》だ。そうは思わぬか……」

「まあ、そうでしょうが、脅されるほうにも落ち度があるんでしょう。他人のことだからよくわかりませんが……」

そういう半兵衛の目に警戒の色が浮かんだのを、菊之助は見逃さなかった。

「まさか、おぬしはそんなことをやってはいまいな」

「じょ、冗談じゃありませんよ」

半兵衛は慌てて目を泳がせた。

「そうだろう。おまえはそういう悪党には見えぬ」

「それで、その店ってえのは何という店です？」

「そんなことを聞いてどうする？」

「いや、日本橋のほうには知った店が何軒かありますから……」

「ほう、おまえのような男でも、一流店を知っていると申すか？」

「一流か三流か、それはまあ……」

「教えても詮無《せんな》いことだ」

菊之助は勘定だと、女中に声をかけた。

「お侍は、ほんとにそいつを斬るつもりで……？」

「見つけたら、そうするつもりだ」

女中が来たので、菊之助は勘定を払った。

「何という店です？」

立ち上がると、半兵衛が袖を引くように声をかけてきた。菊之助は振り返って半兵衛をにらむように見た。

「やけに気にするようだが、玉亭という店の仲居だ。もし、そんなやつを見つけたら注意を与えておけ。下手をすれば命を落とすことになるとな」

半兵衛は喉仏を動かしてごくりとつばを呑んだ。まばたきもしなかった。

表に出た菊之助は、ふっと唇の端を緩めた。脅しは利いているはずだ。それでもおてるにつきまとうようだったら、今度こそ本気で懲《こ》らしめてやろうと肚に決めた。

六

やはり金など盗まなければよかった。

かといって、半兵衛が勝手に決めた約束は明日。縁を切るためにはあの金を渡すしかないが、どうにかならないものかと思う。どんなに気を揉んでもなるようにしかならない。それはよくわかっているが、おてるは悩まずにはいられなかった。

その日、文吉に早めに昼餉をとらせたおてるは、昼前に家を出た。店に入ると、仕入れを終えた卯兵衛と弥吉が、茶を飲みながら一服つけているところだった。

「すぐに掃除をすませますので……」

おてるが挨拶をして行こうとすると、卯兵衛に呼び止められた。

「今日は客の予定も入っていない。いつも通りでよいから慌てることはないよ」

「は、はい」

「来てすぐに働くのは感心だが、たまにはお茶でも飲んで、それから取りかかったらどうだ」

と、卯兵衛が勧める。

弥吉が何もいわずにおてるに茶をついでやった。さあ、と勧められると断ることもできず、おてるは卯兵衛と同じように帳場の縁に腰をおろした。

「これからだんだん陽気がよくなってくる。寒さもあとしばらくだろう」

卯兵衛は茶を飲みながらのんきなことをいう。それからおもむろに言葉を継いだ。

「おてるは、いくつになるのだったかな?」

「二十歳です」

「やはり若いな。子持ちとはいえ、まだ十分に嫁に行ける年だ」

「わたしは、そんな……」

思いがけない話におてるはうつむいて、湯呑みのなかの茶柱を眺めた。

「もし、おまえさんにその気があるなら世話をしたいのだが……どうだろうか」

顔を上げると、卯兵衛の真剣な目とぶつかった。

「そんな、わたしみたいな女に……」

「話はあるんだよ」

卯兵衛から視線をそらすと、弥吉が逃げるように顔を伏せた。

「無理強いするわけではないが、その気になったらいつでもいってくれ。女手ひとつで子供を育てるのは大変だ。働き者の亭主ができれば、暮らしも変わるし、文吉のためにもいいはずだ」

「お心遣いありがとう存じます」

茶を飲みほすと、おてるはいつものように仕事にかかった。しかし、普段の気持ちでいることはできない。店の金子を盗んだということで心を痛めている。まだ露見していないようだが、卯兵衛は親切にも自分のことを気遣うようなことをいってくれる。

半兵衛と金の件さえなければ、素直によろしくお願いしますと両手をついただろうが、今はとてもそんな図々《ずうずう》しいことはできない。

花を活け替えたり、客間の掃除や片づけ、納戸の整理などをしているとき、ふいに女将のおしんが声をかけてくることがあった。

梅の花見は女同士で行こうかとか、

「今夜、暇そうだったら早く帰っていいよ。昨夜は遅くまで文吉に寂しい思いをさせたからね」

と、いってくれる。

親切な言葉を受け止めるたびに、息苦しくなって胸が押しつぶされそうになる。いっそのこと両手をついて謝ろうかという衝動にも駆られた。

おりきとお糸がやってくると、店はとたんにかしましくなる。板場でも冗談が飛びかい、笑いが絶えない。客のいない店は明るい雰囲気に包まれていて、あくまでも家庭的だった。卯兵衛夫婦は子宝に恵まれなかったから、使用人たちを殊の外大事にしている。おてるもそんな店に雇われて、心の底から運がよかったと思っていた。

それなのに、自分は何と浅ましいことをしてしまったのだろうか……。

金を盗みさえしなければ、こんなに心を痛めることはなかったのに、今さらながら自分のことが情けなかった。体を動かしながらもため息をつかずにはいられなかった。

菊之助は一度長屋に戻ったが、どうにも仕事が手につかなかった。江橋屋に足を運んで、秀蔵の仕事の進み具合をたしかめようかと思ったが、かえって邪魔になるかもしれないと思い控えた。

だが、じっとしていることができず、前に置いた砥石を片づけて仕事場を出ると、そのまま玉亭に向かった。おてるの様子を見たいという気持ちを抑えきれなかったのだ。刀は置いてきたので、職人になりきらねばならない。

歩きながら、まったく自分は何者だと苦笑を浮かべる。ときに職人の顔になったり、ときに武士の顔になったりと忙しい。持って生まれた性《さが》かもしれない。そもそも父は、半農半士の郷士であった。

親の血を誤魔化すことはできないのかもしれない。今の自分は〝半職半士〟みたいなものだからと、ふと思ったりもする。

玉亭でどのような話をしようかと、頭の隅で考えているうちに着いてしまった。戸が開いていたので、気さくに訪《おとな》いの声をかけた。

「あれ、これは荒金様……」

と、奥の土間から出てきたのはおてるだった。

「覚えてくれていましたか？」

「もちろんでございます」

菊之助は、八年前から忘れていなかったといわれたような気がした。もちろん、そんなことはないのだが。

「野暮用《やぼよう》で近所まで来ましたので、御用はないかと思いましてね。いや、先日の仕上がりに粗相があったのではないかと、気にかかってもいまして……」

「それなら旦那さんを呼んでまいります」

おてるは軽やかな足取りで引き返したが、顔色は冴えなかった。すぐに主の卯兵衛がにこやかな顔で現れた。

「これは荒金さん、よくお見えになりました。今日のところは仕事はありませんが、まあ茶でも召しあがってください」

卯兵衛はそういって客間にいざない、お茶をお持ち、と奥に声をかけた。

「研ぎになにか不手際はなかったでしょうか。あとで気になったものですから……」

「何もあろうはずがございません。あの仕上がりにはただただ感服するばかりです」

「それを聞いて安心いたしました」

おてるが茶を持ってきて、二人のそばに置いた。菊之助はその横顔を盗み見たが、やはり表情に曇りがあった。

「わたしら板前にとって包丁は命です。包丁次第で味が変わります。たとえ同じ材料を調理しても包丁がよくなければ、味というやつは格段に変わるものです」

「いかさま、そうでございましょう。しかし、どんなによい包丁を使っても、それを使いこなせる腕がないと、またその刃物を生かすこともできません。はばかりながら、料理はその人の腕次第ではなかろうかと思います。剣の道にも通じている気がします」

「おや、これは……」

卯兵衛は驚きの声を漏らして、菊之助を見つめた。

いったことが当を得たのだろうと思ったが、最後の一言が余計だったことに気づいた。菊之助は誤魔化すように茶を含んだ。

「もしや、荒金さんは、武芸をたしなんでおられるのではございませんか？」

「覚えがあるだけです。たいしたことはございません」

菊之助は笑みを浮かべていなした。

「ますますわたしは荒金さんのことが気に入りました。そうだ、ひとつうちの料理の味見をしていただけませんか」

「そんなもったいのうございます」

「いやいや遠慮なく。あの腕なら、料理の真贋《しんがん》もおわかりになるはず。弥吉」

卯兵衛は奥に声を張って、弥吉に今夜の向付《むこうづけ》を持ってくるように指図した。

料理はすぐに運ばれてきた。鮪《まぐろ》の赤身とつぶし納豆の和え物だった。それに細かく刻んだ紫蘇《しそ》が散らしてあった。

一見何でもない料理だが、鮪も納豆の味も生かされており、それでいて口中で味わっているうちに何ともいえぬ旨味が広がった。さらりとかけられた醤油の他に、隠し味があるようだった。

「……絶品です」

他の言葉は浮かばなかった。

「鮪はいかがです。納豆に殺されてはいませんか？」

「いえ、まったくそんなことはありません」

「それを聞いて安心いたしました。包丁の切れが悪いと味は死にます。また、荒金さんがおっしゃったように、その腕がないと、味は落ちます。弥吉、太鼓判を捺《お》していただいてよかったな」

心配そうに見ていた板前の弥吉は頭をかいて照れた。卯兵衛が茶のお代わりを持ってくるようにいうと、またおてるがやってきて、丁寧な手付きで茶を淹れてくれた。菊之助はその様子を見守っていたが、そばに立つ弥吉の視線に気づいた。じっとおてるの横顔を見つめているのだ。ふとおてるが顔を上げると、弥吉は目を合わせるのが恥ずかしいのか、視線を外した。さらに、おてるが土間奥に下がっていくと、弥吉は見惚《みと》れたようにその後ろ姿を見送った。

「おや」

と思ったのはいうまでもない。弥吉はおてるに気があるようだ。

茶を飲みながらしばらく他愛もない話をして、菊之助は腰をあげた。卯兵衛はまた仕事を頼むといってくれた。

表に出ると、後ろから声がかかった。おてるだった。

「また、おいでください」

と、小さく辞儀をする。菊之助は体ごと振り返った。

「おてるさんといいましたね。なにか心配事でもおありですか？」

「は……？」

「先日と違い、今日は何やら浮かぬ顔をされているから気になったのです」

「そんなことはないと思います」

おてるはか細い声を漏らした。

「なにも心配はいりませんよ。あの旦那の店にいれば安心です。本当に何も心配することなどありませんから」

菊之助は含みを持たせていったが、おてるには通じていないだろう。だが、どうしてもいってやらずにはおれなかった。

「本当ですよ」

最後に、もう一度微笑んでやった。

七

「今日は半兵衛が期限を切った日ですけど、大丈夫でしょうか……」

家を出ようとする菊之助に、お志津が切り火を打ちながらいう。

「脅しは利いているはずだ」

「それならよいのですが……」

やはりお志津は不安そうである。

「夕刻にでも様子を見に行ってみよう」

「そうしてくださいまし」

菊之助はそのまま家を出た。お志津の心配はわからなくもない。菊之助も一夜明けて、半兵衛への脅しは本当に利いただろうかと、心許ないものを感じていた。

たしかに昨日は、半兵衛は驚いたはずだ。おそらく身の危険も感じただろうが、こすからい下衆のことだから開き直っているかもしれない。それに半兵衛は金目当てで脅しているのであるから……。

そこまで考えて、菊之助は遠くの空を見た。への字形の群れとなって飛ぶ鳥が朝日を浴びていた。

金目当て……。音吉を攫った男も、単なる金目当てであったならどうか……。江橋屋への嫌がらせや遺恨とはまったく異なる動機だ。

もしそうであるなら、下手人を絞り込むのはさらに難しくなるのではないか。手がかりの少ない事件だけに、どうしても考えが負のほうへいってしまう。

秀蔵と会う手筈《てはず》になっていたが、菊之助はその前に石神助九郎に会おうと思っていた。石神の住む寺に向かいながら、五郎七や次郎の聞き込みの進み具合も気になった。有力な証言でも得ていれば、探索に弾みがつくのだが……わずかな期待であろうか。

円長寺に着いたのは朝五つ（午前八時）過ぎだった。石神は境内の隅で坊主と焚《た》き火《び》にあたっていた。菊之助に気づくと、腰を上げてやってきた。

「どうされました？」

挨拶も抜きで石神が聞いてくる。それから腰の刀に目がいった。

「業物《わざもの》ですか……」

「そうでもない」

菊之助はさらりというが、実は父から譲り受けた大事な一振りだった。藤原次助眞《ふじげんじすけざね》──立派な業物である。菊之助唯一の財産といってよいだろう。

「あれから何か気づいたことはないか？　そのことがあって来たのだ」

「音吉の相手をしているときに、変な野郎が話しかけてこなかっただろうかと、あれこれ考えをめぐらしてみたんですが、そんなことはなかったように思うんです。あの日、音吉を呼びに来た下手人のこともやっぱり思い出せませんでね」

「そうか……」

徒労《とろう》だったかと、菊之助は短い吐息をついて、石神をあらためるように見た。

「髭をあたったのか」

「たまにはさっぱりしないと男前が落ちますからね」

石神は汚れた歯を見せて笑った。今朝は酒臭くない。

「着物も替えたようだな」

「よく人のことを見るお方だ」

「男前が上がったから驚いているのだ」

「お世辞でも嬉しいですよ。で、横山さんらの調べは進んでいるんですか？」

菊之助は探索に支障はないだろうと思い、大まかなことを話してやった。石神は真剣な眼差しで聞いていた。

「江橋屋の客を絞り込んだ成果が出ればよいのだが、こればかりは蓋を開けてみなければわからぬ」

「何かできることはありませんかね」

「当面はない。だが、助を頼むことになるかもしれぬ」

「いつでも声をかけてください。こっちに足を運んでもらうのは恐縮ですから、今度はおれのほうから訪ねますよ」

「そうしてもらえると助かる」

菊之助は円長寺をあとにした。

その後、江橋屋の近くの茶店で秀蔵と落ち合った。

「相手は旗本と御家人だ。下手に穿鑿はできねえが、ことがことだ。慎重に調べを進めるしかない。それで絞り込んだのはざっとこんなもんだ」

秀蔵は江橋屋で調べ上げた名前を列記した巻紙を広げた。

「……四十六人だが、もっと絞り込んでゆけば十八人というところだろうか。漏らしてはならぬと思い、多めに挙げてある」

菊之助は巻紙に目を通した。名前の他に役柄と住まいも書かれていた。

「なかにはおれみたいな同心では手の及ばぬ旗本もいる。そっちは、上役の与力に探ってもらうように頼んできた。とりあえず、おれは絞り込んだものからあたっていく」

「この印のついている十八人ということか」

十八人の名前の上には丸印がつけられていた。

「まずはそのうちの十四人だ」

「おれに手伝えることは……」

菊之助は秀蔵を見た。

「しばらくはおまえの手を煩《わずら》わせることはないだろう。次郎らと聞き込みをつづけてくれれば助かる」

「……なら、そうしよう」

「おれは早速調べにまわる。何かあったら使いを走らせよう。行くぜ」

腰を上げた秀蔵は、小者の寛二郎をうながして歩き去った。

その二人を見送った菊之助は、音吉と仲のよかった例の子供三人に会ったが、気に留めるような新たなことは聞けなかった。

その後、次郎に会って聞き込みの手伝いをしたが、こちらも成果はなかった。そんなことをしているうちに日が暮れて、気づいたときにはあたりに薄闇が立ち込めていた。

菊之助は次郎と一緒に夕まぐれの町を足を引きずるようにして家路についたが、

「先に帰っていてくれ。おれは寄るところがある」

そういって立ち止まった。

「どこ行くんです？」

次郎が好奇の目を向けてきた。

「野暮用だ。おまえは帰って湯屋にでも行くがいい」

「それじゃそうしますが、菊さん、暇なときにまた稽古をつけてください」

「わかった」

菊之助はそのまま次郎に背を向けて駿河町に足を向けた。

玉亭には暖簾が掛かっており、軒行灯にも火が入れられていた。そのあわい明かりが、店の前を通り過ぎる人々の横顔を照らしていた。

菊之助は玉亭を素通りして振り返った。店の脇路地からおてるが現れたのはそのときだった。手に風呂敷を抱えているので、使いに行くのかもしれない。

闇は濃さを増していた。半兵衛がおてるに接近するとしたら、この機を逃さないだろう。そう思った菊之助は距離をとっておてるを尾行することにした。

おてるは使いではなく、家に戻るようだった。一旦、表通りに出た足は、自宅長屋のある十軒店のほうに向かっていた。菊之助は自宅に帰るのを見届けようと思った。

室町三丁目から本町《ほんちょう》二丁目に入ったおてるは、すぐ先の道を左に折れた。と、そのとき、脇路地からひとりの男が現れ、両手で襟を正すなり足を速めた。

半兵衛だった。菊之助は眉間に険しいしわを彫って半兵衛の背中を凝視した。

第五章　聞き込み

一

帰ったら心張《しんば》り棒《ぼう》をかけ、さるもかけて、息をひそめていよう。文吉には早く夕餉をとらせ、さっさと寝かせることにしよう。半兵衛はきっと、家を訪ねてくるはずだ。もしくは近くで待ち伏せをしているかもしれない。

足を急がせるおてるは、いつもと違う道を辿っていたが、単なる気休めでしかなかった。もし、半兵衛が来なかったら、金はやはり店に返そう。

おてるは風呂敷包みと一緒に持っている巾着の首をぎゅっと握りしめた。盗んだ金はそのなかに入れて後生《ごしょう》大事に持っていた。

明日早く店に出て、卯兵衛とおしんの隙を見て、金を返す。そうすべきだ。金がなくなったことに二人はまだ気づいていない。今のうちなら間に合う。気を焦らせているおてるは、そんなことをめまぐるしく考えていた。長屋の路地に入った。文吉の姿が見えない。まだ、遊んでいるのだろうか、それとも家にいるのだろうか。

井戸のほうを見たときだった。心の臓が止まるほど驚いた。低くしわがれた声が背後からしたのだ。振り返るまでもなく半兵衛だとわかった。

顔を凍りつかせて後ろを見た。にたついた顔が暗がりにあった。半兵衛は表のほうに顎をしゃくった。

「長屋じゃまずいだろ」

「………」

「どうした？　こっちだ」

おてるはうつむいて半兵衛の足許を見つめた。ついていくしかなかった。この男は決してあきらめない。やはり渡してしまおう。それで縁が切れればいいのだ。金は作ればいい。ちょっと目をつぶって我慢すればいいだけのことだ。そのぐらいできないことはない。どうせ汚れた体だ。二十両作ったら、きれいさっぱりやめて、これまで通り玉亭に奉公しよう。

だけど、それまでにあの二十両のことが知れたらどうしようか……。騒ぎになれば、まっ先に自分が疑われるはずだ。金が出来るまでそうならないことを祈るしかない。

木戸口を出た半兵衛は一度表通りに出てから裏路地に入った。少し先に取り壊された家の空き地がある。おてるは逃げたい気持ちと必死に闘いながら、半兵衛の足許だけを見てついていった。雪駄《せった》がぺたぺた音を立てるたびに着物の裾が割れる。

やがて、半兵衛の足が止まった。体がこっちに向けられる。

「金はあるんだろうな」

おてるはゆっくり顔を上げた。蒼《あお》い月明かりを受けた半兵衛は、いたぶるような笑みを浮かべていた。

おてるは唇を噛み、風呂敷包みと一緒に巾着をかき抱いた。

「どうした。約束の期限は今日だったはずだ。忘れたなんていわせないぜ」

「忘れちゃいないさ」

近くで別の声がした。半兵衛が驚愕したように目を見開いた。おてるもびっくりしてそっちを見た。ひとりの男が立っていた。暗がりなので、顔は見えないが刀を差していた。

「しつこい野郎だ。あれだけ忠告したというのに……」

菊之助は用心棒を気取り、伝法《でんぽう》な口調で一歩足を進めた。

「いったい、てめえは……」

「下衆なやつにかぎって忘れっぽいようだ」

菊之助はさらに足を進めた。顔が見えないように手拭いで頬被りしていた。

「なんだ、てめえ」

半兵衛は吐き捨てるなり、懐に手を入れると匕首を引き抜いてかかってきた。

菊之助はすっと右足を引くなり、半兵衛の足を払った。どうと半兵衛は尻餅をついたが、意外にすばしこく、すぐに立ち上がると匕首を振りまわした。

菊之助は右に左にかわして、半兵衛の腕をつかみ取って投げ飛ばした。すかさず襟首を押さえにゆくと、頬被りを払われた。

菊之助の顔がほのかな月明かりに曝《さら》された。

「や、てめえは……」

「思い出したか。こうなったからには、ここでおまえの首を刎《は》ねるしかないようだな」

菊之助は刀を抜いて、半兵衛の首筋にあてがった。

刃は月光を弾き、鈍い光を放った。

「ま……待ってくれ。お、おれは何も……」

「なんだ」

菊之助はこういう男には、たっぷり脅しを利かせなければならないと思っていた。

「な、何もする気はなかったんだ」

「ほう、そうかい」

菊之助は近くに立つおてるをちらりと見た。肩をすぼませ縮こまっていた。

「金の無心をするんじゃなかったのか？」

「そ、そうじゃねえ。謝ろうと思っていたんだ」

「その言葉を鵜《う》呑《の》みにするわけにはいかねえな。おまえみたいな下衆は生きていても世の中のためにはならぬ。これを限りに生まれ変わることだ」

菊之助は刀にわずかに力を入れた。

「や、やめてくれ。た、助けてくれ。勘弁だ。後生だ、お願いだ」

半兵衛は顔をくしゃくしゃにして、今にも泣きそうになった。あまりの恐怖に体を震わせもした。

「おてるさんに、二度と近づかないというなら考えてやる」

「や、約束する。もう、二度と……」

半兵衛は途中で声を喉に張りつかせた。

「なんだ？」

「け、決して近づかない」

「……二言《にごん》はないぞ。今の約束を違《たが》えたら、今度こそ、そのそっ首が飛ぶと思え」

「う、嘘はいわねえ。ほんとです。お、お助けを……」

菊之助は半兵衛からゆっくり離れて立ち上がった。

「……去《い》ね」

「ああ……」

半兵衛は数間《けん》地を這って立ち上がると、そのまま脇目もふらず逃げ去っていった。菊之助は半兵衛を見送ってから、おてるに顔を向けた。

驚きに目を瞠っていたおてるの口が金魚のように動いた。

「あ、あなたは……」

うむと、うなずいた菊之助は、

「少し話をさせてもらえますか」

と、職人言葉に戻っていった。

二

おてるを誘って近くの小料理屋に入った菊之助は、八年前のことを話していた。

「……だから、あなたが注文の包丁を持ってこられたとき、もしやあのときの女の子ではないかと思っていたのです」

「そうだったのですか。そうとは気づかず、本当に失礼をいたしました」

おてるはきちんと両手をついて頭を下げた。

店には数組の客があるが、二人は少し離れたところで向かい合っていた。

「まさか、こんなところで再びめぐり合うとは……浮世とは不思議なものです」

菊之助は盃をゆっくり口に運んだ。

「あの節は助けていただき、そして今夜も。本当になんとお礼を申せばよいのやら」

「礼などいりませんよ。常と変わらずに過ごされればよいのです。それで、おふくろさんはいかがされました？」

「母はとっくに亡くなりました」

「そうですか。親父さんは……？」

おてるは恥ずかしそうに目を伏せ、

「どこにいるかわかりません。もうこの世にはいないものと思っております」

蚊の鳴くような声でいったが、すでに父への思慕《しぼ》はないようだ。

「八年前、あなたはおふくろさんと一緒に親父さんに会いに行くと、江戸に向かっていたのではありませんか」

「会えずじまいでした」

「そうでしたか……」

おてるの口は重かった。だからといって、早く帰りたがっている様子でもない。

「ところで、さっきの男とはどういう間柄なのです？　差し支えがあるようだったら、無理に話さなくてもよいのですが……」

おてるは唇を噛み、躊躇《ためら》う素振りを見せたが、ゆっくりと顔を上げ、まっすぐ菊之助を見た。澄んだ黒い瞳は、八年前と変わらないように思えた。

「……荒金さんには二度も助けていただきました。このことは誰にも話すつもりはありませんでしたが、やはり荒金さんには話すべきかもしれません」

菊之助はおてるを静かに見た。

「わたしは母と、父親に会うために江戸に向かいました。あの八年前のことです。父とは結局会えずじまいで、半月ほどで江戸をあとにしたのですが、中野《なかの》のあたりで賊に出遭い、母を失ってしまいました」

「なんと……」

菊之助は盃を置いて目を瞠った。

「斬られたのです。わたしはまだ幼かったので命は取られませんでしたが、それがもとで賊の世話を受けるようになりました」

賊の頭は久蔵という浪人崩れで、盗みもやれば博奕《ばくち》もやるやくざだった。中野界隈を縄張りにしている嫌われ者で、近くの村や町を荒らし回り、与太者や半端《はんぱ》者《もの》を仲間に引き入れ、一人前の親分を気取っていた。

豪気《ごうき》な面がありはしたが、変わりやすい天気と同じでさっきまで機嫌がよかったかと思うと、急に不機嫌になり怒鳴り散らしたり殴る蹴るの乱暴をする男だった。手下はいつ災難が降ってかかってくるかわからないと、常に気を張りぴりぴりしていなければならなかった。

ところがどういうわけか久蔵はおてるを殊の外可愛がり、まるで自分の娘のように面倒を見た。怖くて仕方ないおてるだったが、他のものとは違ってやさしくしてくれる久蔵に少しずつ心を開いていったのは、まだ幼いということもあっただろう。名前もそれまでのおまさからおてるに変えられた。なんでも死に別れた久蔵の女房が、おまさといったらしく、それを嫌ったようだ。

さらに久蔵は、

「おまえはこんな田舎でくすぶっているような女じゃない。いずれ金持ちの武家に嫁がせてやる」

そんなことを口にして、武家の娘のような育て方をした。また、おてるも素直にその教えを受けるようになった。

手下やまわりには乱暴な口を利く久蔵だったが、おてるだけは特別な扱いだった。

だがある日、その久蔵が豹変《ひょうへん》した。ただ酒に酔っていただけでなく、端《はな》からそのつもりだったのかもしれないが、おてるに襲いかかってきたのだ。

嫌がり拒んだが、久蔵の力に抗することはできなかった。以来、おてるは涙を呑んで久蔵の慰み者になった。

神田《かんだ》上水に架かる淀《よど》橋のそばで、久蔵が死体となって発見されたのは、それから二年後のことだった。

おてるは死体を見ることはなかったが、久蔵はめった斬りにされていたらしい。仲間に殺されたとか、縄張り争いをしていた博徒《ばくと》の仕業だという噂も立ったが、真相はわからなかったし、役人も調べようとしなかった。

「わたしはそれを機に必死に逃げました。さいわい誰も追ってくるものはいませんでしたが、どこに行くというあてもなく、結局、江戸に来て浅草の小さな茶店で働くようになりました」

おてるは途中まで話してからそういった。

「それじゃ文吉は……」

「久蔵との間に出来た子です。あの子は何も知りませんが……」

おてるはそういってうつむき、

「まさか、こんな恥ずかしい話をするとは思いもしませんでした」

と、自分の手をぎゅっと握りしめた。

「他言はしませんよ。でもよく頑張ってこられました。……すると半兵衛は、久蔵の子分だったのですね」

「よもやあんな男に会うとは思いもしませんでしたが……本当に助かりました」

おてるはまた頭を下げた。

「あの男は二度と現れないでしょう。十分に脅しは効いているはずです。じつは、幾日も前から半兵衛のことはわかっていたんです」

「え？」

おてるは目を丸くした。

菊之助はおてると半兵衛が歩いているのを見たときから、昨日半兵衛に釘を刺しに行ったことまでを、かいつまんで話した。

「それじゃ、荒金さんのおかみさんもわたしのことを……」

「連れ合いも大層心配をしておりましたよ」

菊之助はおてるを安心させるように微笑《ほほえ》んだ。

「それじゃ、おかみさんにもお礼を申さなければなりません」

「そんなことは気にしないでください。ただ、気が向いたときにでも遊びにおいでなさるとよい。あれも子供が好きだから、是非とも文吉と一緒にいらしてください」

「ありがとうございます。でも、なぜ荒金さんは研ぎ師に……」

「それを話せば長い……」

といっておきながら、研ぎ師になるまでのことをざっと話してやった。

「身過ぎ世過ぎも楽ではないから、仕方のないことです。だからといって今の暮らしに嫌気が差しているのでもない。これはこれで結構楽しくやっておりますから」

苦笑する菊之助は、あくまでも職人としておてるに接していた。

「しかし、二十両などという大金をどうされるつもりでした？」

おてるは顔を伏せるように下を向き、

「……きっぱり断るつもりでおりました」

そういって唇を引き結んだ。

「それで半兵衛が納得したでしょうか？」

「あの男が簡単に引き下がらないのはわかっておりましたから、店をやめるつもりでした。店には迷惑はかけられませんし……」

「……すでにその覚悟をしていたのですね」

おてるは小さくうなずいた。

菊之助はそんな様子をしばらく眺めてから、

「さあ、そろそろ引きあげましょう。遅くなると文吉に悪い」

勘定を頼み、腰を上げようとすると、「あの」と、おてるが声をかけてきた。

「今夜のことですが、内密にお願いできませんでしょうか。店にいらぬ心配はかけたくありませんので……」

「……わかっております」

三

二日、三日と過ぎたが、とくに変わったことはなかった。

秀蔵の調べは進んでいるようだが、これといった人物にはまだ行き当たっていないらしい。菊之助は研ぎ仕事をしながらも次郎を介して、秀蔵の探索の様子を耳にしていた。

仕事に疲れると、長屋の外れにある広場に行って、大きく両手を広げ空を仰いだ。その日は風が強く、空が哭《な》いているように聞こえた。もちろん、風が町屋を吹き抜ける際にそんな音を立てるのだが、やはり空が哭いていると思ってしまう。

しかし、空は青々と広がっている。風さえ収まれば天気のよい日なのだ。

背後でガラガラと音がしたので見れば、長屋の路地を手桶が転がっているところだった。大工の熊吉《くまきち》の女房・おつねが家から飛び出してきて、その手桶を追いかけた。

と、木戸口に次郎の姿が現れた。菊之助を見ると、小走りにやってきて、

「菊さん、暇ですか?」

と、聞く。

「暇ではないが、忙しくもないな。どうした?」

「へえ、横山の旦那から飯でも食わないかという誘いなんです。都合がつくようだったら、待っているとのことです」

菊之助はまわりくどいことをさせると、内心でぼやいた。

「どこにいるんだ?」

「久松町《ひさまつちょう》の播磨《はりま》屋です」

「そりゃ、いいところにいるな」

生つばが出た。栄橋《さかえ》を渡ってすぐのところにある鰻《うなぎ》屋である。それに秀蔵が自分に会いたがるということは、何か話したいことがあるからに他ならない。

「先に戻っていろ。すぐに行く」

次郎を返した菊之助は、仕事場に戻ると簡単に片づけをして長屋を出た。差料《さしりよう》も忘れていない。店に入ると小座敷に秀蔵の顔があった。小者の寛二郎と次郎、そして手先の五郎七と甚太郎《じんたろう》も同席していた。

「お揃いじゃないか」

雪駄を脱いで上がり込むと、秀蔵がまあ座れと前にうながす。店はあわい障子越しの明かりに満ちていた。

「獲物でも釣ったか？」

菊之助は腰を据えるなり秀蔵を見た。

「まだだ。だが、浮子《うき》が浮き沈みしはじめている」

どうやら秀蔵は下手人への感触を得ているらしい。

「上げどころが難しいな。それに藻《も》や雑魚《ざこ》ということもある」

「嫌みなことをいいやがる。おまえの分も頼んでおいた。景気づけに食ってくれ」

秀蔵がいう先から鰻の蒲焼きが運ばれてきた。とたんに芳ばしい匂いが鼻孔に広がった。辻売り屋台の鰻は、十六から二十文が相場だが、播磨屋の鰻は中串二本で二百文と高価だ。もっとも吸い物に飯、それに香の物が付く。

「遠慮なく馳走《ちそう》になろう」

菊之助は早速箸をつけた。

「それで目星《めぼし》がついたようだが、どうなんだ?」

「急かせるんじゃねえよ。だが、八人まで絞り込んだ」

秀蔵は飯をかき込み、音をさせて吸い物をすすった。見た目は端整で粋な男だが、こういうふうにがらっぱちなところがある。もっとも、菊之助の前だと気取る必要がないからかもしれないが。

菊之助は鰻を食べ、タレのしみ込ませた飯を頬ばった。

「これだ」

秀蔵は飯碗を置くと、懐から書き付けを出して菊之助に渡した。次郎たちは二人のやり取りを横目に、鰻を食べるのに夢中だ。

書き付けには八人の名があった。四人が旗本で四人が御家人。そのうち小普請《こぶしん》入りをしているものが三人で、あとは番方《ばんかた》だった。

番方とはわかりやすくいえば、勘定方などの事務職ではなく、警備や護衛などの役目についている武官のことをいう。公儀には五番方というものがあり、小姓《こしょう》組《ぐみ》・書院番《しょいんばん》・新番《しんばん》・大番《おおばん》・小十人組《こじゅうにんぐみ》のことをいった。

「番方がいるとなると、厄介《やっかい》ではないか」

「厄介だろうがなんだろうが、調べるしかねえ。そこでおまえさんに相談だ」

「おれにやれというわけか……？」

秀蔵はにやりと笑った。魂胆《こんたん》はわかった。町方が番方に探りを入れたことが露見すれば、ただではすまされない。しかし、菊之助のような浪人なのか、職人なのかわからない男に対しては咎め程度ですむ。もっとも、その程度にもいろいろあるだろうが、誤魔化しはいくらでも利くだろうし、適当な口実をでっち上げることもできる。

「同輩のやつらは耳も貸そうとしねえ。てめえの手柄が大事だから、他人の調べをやるより、てめえが取り扱っている件が大事だってえのはわかるが、持ちつ持たれつってことを忘れてやがる」

秀蔵は愚痴をこぼして鰻を平らげた。菊之助も碗を浚《さら》うようにきれいに食べた。

「……それで、おれに誰をあたれというんだ」

菊之助は茶に口をつけてから聞いた。

「おまえ、やってくれるか」

「そうしろといってるのも同じだ」

「何も命じたつもりはない」

「いつまでたっても可愛げのないやつだ。たまにはお願いしますとか、頼みますとか、そんなことをいえねえのか」

秀蔵と会うと、どうしても言葉が荒くなる菊之助である。もっとも、口でいうほど腹のなかで怒っているわけではない。それは秀蔵も同じだ。

「相談に乗ってくれといってるじゃねえか」

「これが相談か……」

はあと、ため息をついた菊之助は、首を振って茶を飲んでから言葉を継いだ。

「ま、仕方ねえか。で、誰をあたるんだ」

「そうこなくっちゃ」

「鰻で誤魔化したわけじゃないだろうな」

「かー、おめえも細《こめ》けえことといいやがる。とにかくこの三人だ」

秀蔵は人差し指で三人の旗本を示して補足した。

「浜田孫太郎《はまだまごたろう》は二百石《こく》取りの御書院番与力。江橋屋を接待して借金を踏み倒そうとしたことがある。金沢金三郎《かなざわかねざぶろう》も同じく御書院番だ。客を紹介する代わりに借金を相殺《そうさい》したいと申し出たらしい。無論、江橋屋は折れていない」

「ふむ……」

「加藤勘右衛門《かとうかんえもん》は大番組の与力で、再三返済が滞《とどこお》っている。その分利子がかさむが、いつも難癖をつけているらしい。江橋屋がいうにはこの男が一番胡散臭いということだ」

「相手が相手だ。まさか、ひとりでやれというんじゃないだろうな」

「次郎を連れてけ」

いわれた菊之助は、石神助九郎にも手伝わせようと頭の隅で考えた。

「このなかに下手人がいたらどうする」

「裏を取るが、その前におれに知らせろ。おれも何かわかったら、すぐにおまえに知らせる。その書き付けは持っていてかまわぬ」

「それじゃ早速、取りかかることにするか」

「菊之助」

腰を上げた菊之助を秀蔵が見上げてきた。

「おめえはやはり頼りになる」

「顔に似合わぬことをいうな。おまえらしくもない」

さっさと背を向けて、行くぞと次郎をうながした。

「小憎らしいことをいいやがる」

秀蔵のぼやきが聞こえたが、菊之助は相手にしなかった。

四

「どこからあたります？」

浜町《はまちょう》堀沿いの道を歩きながら次郎が聞く。

「御書院番の二人から手をつけるか……。二人とも屋敷は江橋屋の近くだ」

秀蔵の書き付けにはその屋敷の場所が書き添えてあった。浅草三筋町《みすじまち》の拝領屋敷だ。

「屋敷を訪ねるんですか？」

「まさか、そんなことはできない」

次郎に答える菊之助はどうやって調べるか頭のなかで考えていた。だが、まずは二人の顔をたしかめることからはじめるべきだろう。

「石神さんはああ見えて、なかなか気のいい人みたいですね」

次郎が歩きながら唐突にいった。

「なぜそう思う？」

「聞き込みをやっている最中に出くわしたんです。何をしてるんだと聞けば、とんまなことを聞くなと叱られました。音吉は子供とはいえ友達だったから、何がなんでも下手人を捜すんだと息巻いていましたよ」

「ほう、やつが……」

「町方の旦那にまかせてばかりじゃ申し訳ないので、自分も足を棒にしているんだと、そんなことをいってました」

「……感心なことだ」

今朝会ったばかりの石神助九郎の顔が脳裏に浮かんだ。

「次郎、石神の居所は知っているか？」

「寺のことは聞きました」

「それじゃ呼んできてくれ。おれは三筋町の組屋敷を見張っている」

「いなかったらどうします？」

「そのときは仕方ない」

わかったとうなずいた次郎は、小走りに去っていった。菊之助は橘町《たちばなちょう》の裏道を抜けてから横山町《よこやまちょう》の通りに出た。吹き荒れていた風は収まり、空に浮かんでいる雲もひとところから動かなくなっていた。

通りに並ぶ商家を横目に見ながら歩く菊之助は、自分の仕事を考えた。研ぎ師だけではとてもやっていけない。最近は仕事が増えてはいるが、それでも十分な生計《たつき》にはならない。

独り身ならやり繰りすればいいだろうが、今はお志津がいる。それに彼女には手習い指南をやめてもらってもいる。不自由はさせたくない。そのために秀蔵の助をしているのかもしれないと、頭の隅で考えた。

秀蔵の助働きをすれば、相応の報酬がもらえる。別に卑《いや》しいことではない。町方に使われる岡っ引き同様、正当な収入である。だが、秀蔵に使われているという負い目は否めない。しかし、それも仕方ないことだと、割り切るしかない。

世渡りは楽ではない……。

胸中でつぶやいた菊之助は足を速めた。

浜田孫太郎と金沢金三郎の住まう拝領屋敷は、江橋屋からも遠くない。札差を利用するには都合がいいだろうし、他の御書院番士も蔵前の札差を重宝しているはずだ。

武家地は与力と同心の屋敷地に分かれている。どの屋敷が与力で、どれが同心かは門構えと屋敷の広さですぐにわかる。問題の二人は旗本であるから二百坪ほどの家だし、冠木門《かぶきもん》である。ただし表札の類はないので、どこに誰が住んでいるかはわからない。

しかし、辻番《つじばん》に行って聞けばことは足りる。浜田と金沢の屋敷は、半町と離れていないところにあった。

だが、武家地を浪人のなりをした男がうろうろしているとあやしまれる。菊之助は二人の家を確認しただけで武家地を離れ、浄念寺《じようねんじ》門前にある茶店の床几《しようぎ》に腰をおろした。

茶を飲みながら、どうやって調べていこうかと頭をめぐらす。すでにいくつかの考えはあったが、武家地に出入りする御用聞《ごようき》きからあたろうかと思った。

折しも目の前を魚屋の棒手振《ぼてふり》が通り過ぎたところだった。

菊之助は茶店の女将を呼んだ。

「つかぬことを訊ねるが、そこに御書院番士の武家地があるが、出入りの御用聞きを知らないか？」

聞かれた女将は宙に目を注いで、

「それなら明神《みようじん》門前の豆腐屋さんが一番でしょう」

と、心得たようなことをいった。菊之助は詳しい場所を聞いた。

浅草元鳥越町《もととりごえちよう》に囲まれた明神門前と呼ばれる地で、豆腐屋は角造《かくぞう》という男が商っていた。店に立ち寄って話を聞くと、角造は店売りもやっているが、朝夕には水桶を担いでの行商もしているという。

「商売熱心だな。いや、この店の豆腐は殊の外うまいという評判を聞いてな……」

「そりゃどうも……」

気のよさそうな丸顔の角造は頭の後ろをかいて照れる。仕込みはおおかた終わったらしく、一息ついたところだと長腰掛けに座って煙管《キセル》を吹かした。

「御用聞きもやっているらしいな」

菊之助はそれとなく話を振った。

「へえ、御書院番のお屋敷が主でございますが、大事にお付き合いをさせていただいております」

「なるほど、近くだから便利なこともあろう。拙者《せつしや》もあの地には近しい人がいるのだ。浜田孫太郎殿と金沢金三郎殿だが、出入りをしているのではないか」

「お二人ともよく存じております。お二人は同じ組の方ですし、仲もよろしいようでございます」

「今日も行くのか？」

「いえ、昨日伺《うかが》いましたので、今日はまいりません。豆腐を納めるのは一日置きになっております。それから非番日と当直番《とのい》の日もまいりませんが……」

角造は煙管の灰を手のひらに転がして、吹き飛ばした。

「屋敷内のことも詳しいようだな」

「それは、承知しておりませんと商売になりませんし、先様にもご迷惑をかけることになりますので……今日はお二方とも非番日で登城されていないはずです」

「それは好都合だ。浜田殿と金沢殿には奉公人は何人ぐらいいるのかな。いや、これから訪ねて行けばわかることだが、土産の都合があるので教えてくれないか」

角造は両家とも四人の奉公人がいるといった。中間《ちゆうげん》二人に小者と女中らしい。中間はいずれも通いだという。すると雇われの渡り中間だろう。

角造との話を適当に切りあげて、武家地を流し歩き、東漸寺《とうぜんじ》の門前で次郎を待った。午後の日射しが町屋に降り注いでいる。寺の境内で鶯の声がわいていた。

太陽が雲に遮られあたりが翳《かげ》ったとき、次郎が戻ってきた。石神の姿はない。

「やつはどうした？」

「会えませんでした。朝から出かけたきりだと寺の坊主がいいます」

「……なら仕方ない。二人の家には渡り中間がいる。その二人をあたることにする」

「屋敷にいるんですか？」

「非番らしいから、いずれ中間は出てくるはずだ。屋敷を教えておく。ついてこい」

菊之助は次郎を案内して、浜田・金沢家を見張れる寿松院北にある小さな茶問屋の前で待った。店の横に小さな縁台が置いてあったので、それに腰掛けたのだ。雲に遮られていた日が現れ、あたりが明るくなった。

小半刻（約三十分）もせず、金沢家の表門から着流しの男が出てきた。女と小者が見送るので当主の金三郎と思われる。そのままこっちに歩いてきて、御蔵前のほうに去って行った。年の頃四十前後、細身で色白の男だった。それから見送った女が風呂敷を手に、勝手口から現れた。若い娘だ。女中か……。もしくは金三郎の娘か。

菊之助は腰を上げた。実の娘でもかまわないと思った。失礼にあたらなければよいのだ。

「率爾《そつじ》ながら……」

すれ違ってすぐに声をかけると、娘が立ち止まって振り返った。切れ長の目をわずかに見開き、わたしのことですかという。

「金沢家の方であろうか？」

「奉公に上がっているものでございます」

都合がいい。

「つかぬことを訊ねるが、殿様は明日は登城されるだろうか？」

は？　と、娘は小首をかしげたが、すぐに口を開いた。

「明日は登城の日でございますが……」

「この前の宿直はいつだったか覚えておるか？」

娘は細い目をしばたたいて、指を折った。半月も前だっただろうかという。半月前では話にならない。

音吉が攫《さら》われた今月十四日のことを訊ねると、やはり娘は目をしばたたいた。

「その日はたしかお休みになっておりました。風邪を召され、三日ほど安静にされておりましたので覚えております」

娘は看病が大変だったと言葉を足した。

金沢のことはこれ以上探る必要はない。娘は金沢家の知り合いかと聞いてきたが、そうではないと正直にいって背を向けた。娘は屋敷に帰ってこの件を話すだろうが、たいしたことではない。相手も問題にはしないはずだ。

夕七つ（午後四時）の鐘が鳴ってすぐ、今度は浜田家の勝手口から中間が現れた。紺木綿《もめん》の袷を尻まで端折り、同じ紺の法被《はっぴ》を着て、幅広の柿色帯に木刀を差している。草履は裸足履きだ。

「ちょっと待ってくれ」

その中間が目の前を通り過ぎようとしたとき、菊之助は声をかけた。あっしのことで、と中間が振り返る。

「浜田殿の屋敷に仕えているものだな」

「さようですが……旦那は？」

中間は菊之助と次郎を交互に見た。

「ちょいと聞きたいことがある」

菊之助はすかさず心付けを渡した。中間の目から警戒の色が薄れた。音吉がいなくなった日のことを訊ねた。

「その日でしたら、目上の殿様宅で祝言があり、ずいぶん遅くなりました。うちの殿様はよいご機嫌で、あっしはその世話でくたくたになりまして……」

これで浜田も下手人ではないとわかった。

「それがいったいどうかされましたか？」

「いや、よい。たしかめたいことがあっただけだ」

「ひょっとすると、旦那は町方の……」

菊之助は曖昧《あいまい》にうなずいて中間から離れた。

「二人とも違った」

「それじゃ残るのは、大番組の加藤勘右衛門さん……」

次郎が顎をさすりながらいう。

「そっちは明日にしよう」

まだ日は高かったが、引き上げることにした。

菊之助に思わぬ来客があったのは、その夜のことだった。

五

客とは石神助九郎だった。

「向こうに行ったらこちらだと隣のおかみに教えられましてね。これはご新造《しんぞう》さん、お初にお目にかかります。石神助九郎という浪人です」

石神は戸を開けたお志津にそつなく挨拶をして土間に入ってきた。

「昼間おまえを捜したのだが、会えなかった。ま、上がるといい」

菊之助は火鉢の横に石神を呼んで、お志津に酒をつけるようにいった。

「酒がいやなら茶でもよいが……」

「意地悪を申されなくとも、わたしのことはわかっているくせに」

石神は言葉つきや物腰こそ丁寧になったが馴《な》れ馴《な》れしい。

「昼間はどこへ行っていたんだ？」

「どこへって……これでもいろいろ忙しい身なんです。もっとも、音吉の下手人を捜そうとほうぼうを歩いてもおりましたが……」

「感心だな。次郎からも聞いている」

「一昨日《おととい》でしたか、ばったり会いましたよ。それで荒金さんのほうはどうなんです？」

「まだ何もわかってはおらぬ。だが、横山が調べを要する人を絞り込んだ」

「それはまことで……」

石神は目を丸くした。お志津が酒を運んできたので、菊之助は酌をしてやった。

「これは馳走になります。遠慮なく」

石神は舌なめずりをした。

「今、肴《さかな》の用意をしますので……」

お志津が台所に下がるのを、石神は酒を飲みながら見送った。

「荒金さん、ずいぶん美人じゃありませんか……。隅に置けませんな」

「からかうやつがあるか。それで、おまえのほうはどうなんだ」

「とんと、駄目ですね」

「……そうそう都合よくはいかぬな。おまえが来たので、これは何かあったのではないかと期したが、そうではなかったか」

菊之助は酒を舐めるように飲んだ。

「横山の旦那が絞り込んだという人は、いったいどんな……」

「江橋屋と付き合いのある番方衆だ」

「何人ぐらいに絞ったんです？」

「当初は四十六人だったが、秀蔵は八人まで絞り込んだ」

「……八人まで」

助九郎は真顔を向けてくる。

「そのうちの二人は、今日のうちに調べて疑いは晴れた」

「すると、残りは六人ですか……誰と誰かわかりますか？」

「教えてもわからぬだろう」

「いえ、知っている人がいるかもしれません。馬場で稽古をする武家には何人かの知り合いがいますから」

番方の人間が馬場で乗馬の稽古をしても何ら不思議はない。石神は立ち話でもしているのかもしれない。そう思った菊之助は秀蔵からもらった書き付けを見せた。

石神はその書き付けを食い入るように見た。盃も手から放して、真剣そのものだ。

「……知っているものがいるか？」

「いや、いませんね」

お志津がおからと、揚《あ》げ麩《ふ》を混ぜた大根の湯なますを持ってきた。

「何もありませんが、口に合いますかどうか……」

「いやいや、こんな上等なものを口にできるとは運がいいです」

石神は早速箸でつまんで、うまいうまいと褒めちぎった。調子のいい男だ。

「それで荒金さん、今日は折り入って頼み事があるんですが……」

石神は急にかしこまった。

「なんだ」

「その、請人《うけにん》になっていただけませんか？」

「なんのだ？」

「家を借りることにしたんです。いつまでもあの寺に厄介になりっぱなしというわけにはいきません。そろそろ出ようかと思うんです」

「それはよいことだ。先立つものはあるのか？」

「それが昔の仲間に偶然会いましてね。仕事の口をそのものが紹介してくれると申すんです。いやそやつを請人にできればいいんですが、ぽっと出の田舎もので、それに居候の分際《ぶんざい》なんです。荒金さんだったら申し分ありませんので、ひとつ頼まれてもらえませんか」

なるほど、今夜の訪問はこのことだったかと菊之助は思った。家を借りる場合は、店請証《たなうけしょう》に保証人となる請人の署名捺印が必要となる。

「それはかまわないが、いつだ」

「すぐにではありませんが、まあ近々ということで……。あ、もちろん例の下手人捜しはちゃんと手伝わせてもらいます」

「家探しもしなければならぬな」

「そっちは暇を見つけてやりますから、ご心配なく」

それから石神はお志津にも話しかけ、世間話に興《きょう》じた。

帰ったのは五つ半（午後九時）近くだった。石神はひとりで五合の酒を飲んでいたが、けろっとしていた。帰り際には明日の探索の手伝いをすると、くどいほどいった。

「ああいう無遠慮な方は苦手ですわ」

お志津にはめずらしく小言を口にした。石神が帰ってしばらくあとのことだ。

「根は悪くはない男だ。人はそれぞれだ」

「でも、わたしは好きになれません」

「おやおや、お志津がそんなことをいうとは……」

「人はそれぞれですから」

言葉を返された菊之助は肩をすくめた。

六

大番組与力の加藤勘右衛門が住まう組屋敷は、下谷山下原《やましたはら》にあった。伊予大洲《いよおおず》藩上屋敷の目と鼻の先で、屋敷町はそう広くないから加藤家はすぐにわかった。

菊之助と次郎が加藤家を確認しているときに、石神が昨夜の約束を忘れずに現れた。

「ここですか?」

板塀をめぐらした屋敷を見た石神は顎を撫でた。剃りたてらしく青々としていた。屋敷内の庭で目白《めじろ》がさえずっていた。

「江橋屋がいうには、この家の加藤勘右衛門が一番胡散臭いということだ。返済は滞りがちで、難癖もつけていたらしい」

「あやしいではありませんか」

石神は顔をしかめる。

「あやしいだけで、下手人とはかぎらぬ」

「どこ行くんです？」

背を向けた菊之助に石神が声をかけた。

「今日は登城日のはずだ。間もなく出てくるだろう。まずは顔を拝んでおく」

「じかに訊ねればよいではありませんか」

「そんなことをしたら大目玉を食らうだけだ」

「……そうですか」

「いいからこい」

菊之助は顎をしゃくった。

大番組は千代田城西の丸と二の丸の警備と、京・大坂の在番が役目だ。十二人の番頭《ばんがしら》の下にそれぞれ四人、合計四十八人の組頭《くみがしら》がおり、番頭の下に別に番士五十人と与力同心が十騎二十人ずつ配置されている。

菊之助は当人を見れば、石神が下手人を思い出すかもしれないと思った。また、そうであることをひそかに期待した。

五つ（午前八時）になっても、加藤家の門は開かなかった。おそらく登城は四つ（午前十時）なのであろう。すると、五つ半（午前九時）ごろには家を出るはずだ。


「顔を拝んだら、家のものをあたる」

「訪ねるんですか？」

石神がいう。

「そうしたいところですけど、相手が相手ですから、使用人が出てくるのを待つしかありません」

菊之助に代わって次郎が答えた。

「そういうもんか、ふむ。それで横山の旦那はどこをまわっているんです？」

「やつのことはわからぬ。昼過ぎには一度会うことになっているが……」

今朝出がけに、秀蔵からの使いがあった。

五つ半前に加藤家の門が開いた。近隣の門も示し合わせたように開かれた。いずれも同じ組の番士たちだ。各人には槍持ち・草履取り・挟箱《はさみばこ》持ちの供がついている。

仏具屋の軒下に立つ菊之助は、加藤勘右衛門から目を離さなかった。秀蔵から聞いたときは、かなりのうるさ型だと思ったが、意外やひ弱そうな男だ。

「……どうだ？」

菊之助は加藤がそばを通り過ぎると、石神に聞いた。

「何ともいえませんが、違うような気がします」

石神は首をひねった。

ともかく加藤家のものをあたるために、寒さを避け、近くで見つけた畳敷きの茶屋にしけ込み、交替で加藤家を見張ることにした。

今日も天気はよいが、寒さがぶり返したようだ。風が冷たかった。茶屋の軒先に立つ幟《のぼり》が、ときおり強く吹かれてはためいた。

「帯を新調したのか」

菊之助は湯呑みの湯気を吹きながら石神の帯を見た。

「古着屋で安いのを見つけましてね」

「羽振りがいいではないか」

「値切り倒した安物です。でも、いい買い物をしました」

愚にもつかぬことを話していると、見張りに行っていた次郎がやってきた。

「菊さん、女中だと思うんですが、女が家を出ました。どうします？」

「会おう」

腰を上げた菊之助は、石神に待つようにいった。男三人が顔を揃えて行ったら女中のほうが警戒する。先の通りまで行って、菊之助は次郎に女中を教えてもらった。

買い物に行くらしく、前垂れをしたまま籠を提げていた。

「ここで待っていろ」

菊之助は次郎にいい置いて女中に近づいた。小柄な二十歳《はたち》前と思われる女で、頬が紅葉《もみじ》のように赤かった。

「もしや加藤家のものではないか？」

「……そうですが」

いきなり声をかけられた女中は戸惑ったように目を動かした。菊之助は相手に不審がられる前に、音吉が拐《かどわ》かされた日のことをたたみかけるように訊ねた。

「そんな前のことをなぜ？」

「ついこないだのことだ。その日の夕暮れのことなのだが、覚えておらぬか？」

疑義《ぎぎ》を挟ませないようにいうと、女中は目を泳がせて考えはじめた。しばらくして女中は答えたが、菊之助を落胆させるものだった。加藤勘右衛門は当直番以外の日は、家に近隣の若者を集めて手習いの講義をしているという。ここ一月《ひとつき》、下城してから家を出たこともないといった。非番の日然りである。

「無遠慮なことを聞いて申し訳なかった。このことは忘れてくれ」

そういって心付けを女中につかませると、背を向けてさっさと離れた。

「どうでした？」

茶屋に戻ると、石神がのんびり顔を向けてきた。

「おれの顔を見ればわかるだろう」

「また違ったんですね」

次郎がつぶやいた。

三人は秀蔵に会うために上野を離れ、本材木町の翁庵に向かった。


「旦那、お待ちしておりました」

翁庵の前に立っていた五郎七が小走りにやってきたのは、菊之助たちが材木河岸に入ったときだった。

「何かあったのだな」

菊之助は赤くなった五郎七の鉤鼻《かぎばな》を見ていった。

「下手人を見たものがいたんです」

「なに！」

七

その男は、紙問屋の手代《てだい》だった。

秀蔵の手先となって聞き込みをつづけていた甚太郎の手柄だった。

「横山の旦那が話を聞いております。おそらく人相書《にんそうがき》を作れるはずです」

五郎七は歩きながら菊之助らにあらましを話していた。

秀蔵は神田久右衛門町《きゅうえもんちょう》の自身番で、紙問屋の手代から詳しい話を聞いているという。人相書や似面絵《にづらえ》を作る絵師の手配もすませてあるらしい。

これで一気に探索に弾みがつくはずだ。菊之助は足を急がせた。

「ご苦労だな」

久右衛門町の自身番に飛び込むようにして入ると、のんびり煙管を吹かしていた秀蔵が涼しげな目を向けてきた。

「まあ、上がりなよ」

煙管の雁首《がんくび》を灰吹きに打ちつけながらいう。菊之助は雪駄を脱いで上がり込んだ。秀蔵の前には、清助《せいすけ》という紙問屋の手代がちんまりと座っていた。色の黒い細身の男だった。他に町の書役《かきやく》と番人がいた。

部屋は長火鉢で暖められており、湯気を噴く鉄瓶がちんちん鳴っていた。

「それで、下手人をしっかり見ているのか?」

菊之助は秀蔵と清助に顔を向ける。

「背恰好はおおよそ覚えているらしいが、顔は曖昧だ」

秀蔵が答える。

「曖昧……」

「だが、音吉と歩いているのは見ている。そうだな」

「へえ、真砂町《まさごちょう》の団子屋で男が音吉に団子を買ってやるのを見ております」

清助が答えた。

「それじゃ、はっきり顔を見てるじゃないか。なぜ音吉が殺されたときに、すぐ名乗り出なかった」

「江戸を離れていたそうなんだ」

清助に代わって秀蔵が答えた。清助は音吉連れの侍を見た翌朝、上州《じょうしゅう》に買い付けに行ったらしい。音吉が殺されたと聞いたのは、江戸に帰ってきた二日後のことだった。その間に、音吉を連れた男の顔は記憶から薄れてしまったというわけである。

しかし、

「もう一度その侍の顔を見れば、わたしはきっと思い出せるはずです」

と、自信ありげにいう。

「顔の造作《ぞうさく》はおおよそわかるんだな」

「今に絵師がやってくる。話をしているうちに思い出すかもしれねえ」

清助の代わりに秀蔵が答えて茶を飲んだ。絵師に説明しているうちに、はっきりした記憶が呼び覚まされるのを秀蔵は期待しているようだ。

呼ばれた絵師は間もなくやってきた。秀蔵が懇意にしている鳥居定斎《とりいじょうさい》だった。女好きな男で、普段は若い女を家に呼び入れ、あぶな絵を描いているという。

似面絵入りの人相書が出来上がるまで、菊之助は表の縁台で待った。

「あの手代は、はっきり下手人を覚えているんですか?」

石神が興味津々《しんしん》の顔を向けてくる。

「曖昧らしいが、もう一度会えばきっとわかるといっている」

「会えば、わかる……」

「音吉が殺された日に見ているが、あくる日から上州に紙の買い付けに行ったらしいのだ。だから下手人の顔もぼんやりしているんだろう」

「でも、もう一度会えばわかるというんですね」

「そうだ」

石神は唇を舐めて、どこか遠くをにらむように見た。菊之助はその真顔を見るともなしに見た。音吉と仲のよかった男だ。なんとしてでも下手人を捕まえたいのだろう。

「……ともかく人相書が出来る」

菊之助はぬるくなった茶を飲んだ。

近くの道を、ドンドコドンドコと、太鼓を叩いて練り歩く太鼓売りの棒手振が通り過ぎた。すでに町からは正月気分が抜けており、太鼓売りは二月の初午《はつうま》を当て込んでいるのだ。江戸には初午の前夜、子供たちが夜通し太鼓を叩いて遊ぶ風習があった。

「……人相書がうまく出来りゃ、一気に一件落着ですね」

石神が遠くを見ながらつぶやく。

「石神さん、人相書もあてにならないことが多いですから、まだわかりませんよ」

　次郎が知ったふうな口を利いた。

「そういうものか……」

「ま、わかりませんけど」

　次郎は悪戯《いたずら》小僧のように肩をすくめた。

　やがて、人相書が出来たが、似面絵は描かれていなかった。

「曖昧な顔は描けぬ。もし、描いたとしても、わしの頭に浮かぶ勝手な似面絵になってしまう。それは真の下手人から遠く外れることになるやもしれぬ」

　と、絵師の定斎はいうのである。たしかにそうかもしれない。一度強い印象を頭に植えつけると、人はそれを信じきってしまう。

　よって、人相書に書かれたのは、身の丈おおよそ五尺三寸（約一六一センチ）、細身、色白、目は細からず大きからず、鼻筋通りしほう、眉薄きほう、口小さく唇薄きほう、耳たぶに黒子《ほくろ》あり。

「これじゃ見当のつけようがないじゃないですか……」

　人相書をのぞき込んだ次郎があきれたようにいった。

「まんざらでもないぞ。耳たぶに黒子というのはめずらしい」

それは左右のどっちの耳だったのか、清助はよく覚えていないらしい。

「それで秀蔵、書き付けに残っているものたちはどうする?」

菊之助は自身番から出てきた秀蔵に聞いた。

「手間暇かけて洗い、絞り込んだのだ。ひとまずあたっていく。だが、この人相書のことは頭に叩き込んでおけ。もし、この残っているものらの耳たぶに黒子があったら……」

秀蔵はきらりと目を光らせた。

「例の旗本三人にはすでにあたったが、疑わしきところはない。おまえのほうを手伝おう」

「助かる」

秀蔵は新たに二人の御家人の名を挙げた。

いずれも小普請入りをした無役のものだった。

「ひとまず二人の顔でも拝んでおくんだ。おれも残りをあたる」

秀蔵と別れた菊之助は、新たに指図された御家人をあたることにした。

二人とも本所の拝領屋敷住まいである。坂本新蔵《さかもとしんぞう》、長瀬収蔵《ながせしゅうぞう》という名だった。

しかし、その日両名に会うことはできなかった。

「明日もう一度、この二人をあたることにする。次郎、石神、明日も付き合ってくれ」

「いわれるまでもありません」

やる気を見せるように石神が返答した。

しかし、その夜、思いもよらぬ事件が起きた。

第六章　女の勘

一

江橋屋のひとり息子・音吉を連れ去った下手人を見たと証言した、紙問屋・百足《むかで》屋の清助は、その夜、店で帳簿の片づけをすませると、新シ橋《あたらしばし》を渡り柳原《やなぎわら》通りに出た。昼間は古着屋が軒をつらねている通りだが、今はどの店も閉まっており閑散としている。

土手道の先に遠ざかる提灯の明かりが見えた。清助は吹きつけてくる風にぶるっと身をすくめると、神田富松町《とみまつちょう》にある自宅長屋に急いだ。

「ちょいと」

声をかけられたのは、風の吹き抜ける通りから町屋に入ろうとしたときだった。

どこかで犬の遠吠えがしていた。

清助は足を止めて、後ろを振り返った。闇のなかに男が立っていた。大小を差した武士である。

「わたしでございますか？」

清助が提灯を掲げて、相手を見ようとしたときだった。侍はいきなり刀を鞘走《さやばし》らせると、腹を斬りつけてきた。清助は避ける暇《いとま》もなく、腹に強い衝撃を受けて体を二つ折りにした。手から提灯がこぼれて地面に転がった。

片膝をついたとき、今度は首の後ろ付け根を斬りつけられた。清助は悲鳴もうめきも漏らすことができず、そのまま地面に倒れて転び、そばの堀割《ほりわり》のなかに落ちた。すでに意識は遠く、水の冷たさも何も感じなかった。空に浮かぶ月が、ぼやけて見えたが、あとは暗黒の闇に落ちていくだけだった。

「菊さん、大変です！」

次郎が血相変えて家に飛び込んできたのは、菊之助が帯を締め終わったときだった。

「どうした」

「百足屋の手代、清助が殺されました」

「なにッ！」

「今朝、神田富松町の堀割で死んでいるのを納豆売りが見つけて番屋に知らせたそうです」

「秀蔵は？」

「もう向かっているはずです」

「お志津、刀」

菊之助は大小を受け取ると、次郎と並んで駆けた。

「殺されたのはいつだ？」

「昨夜のようです。詳しいことはまだよくわかりませんが……」

菊之助は腰だめの姿勢を保ったまま遠くに視線を飛ばした。なぜだ？　という疑問がいくつも湧く。通りの商家はどこも暖簾を上げ、その日の仕事の支度にかかっている。出職《でしょく》の職人らはすでに仕事場に着いている時分で、通りを行き交うのは商家の奉公人か、これから登城する武士が目立つ。

菊之助が神田富松町の自身番に着いたときには、清助の遺体はすでに検屍《けんし》が終わり、自宅に引き取られていた。

「下手人のことは？」

菊之助の問いに、苦虫《にがむし》を嚙みつぶしたような顔をしている秀蔵は首を振った。

「金目当てじゃねえ。懐には金の入った財布が残っていた」

「……まさか……」

「うむ」

上がり框に座っていた秀蔵が腰を上げて、菊之助を表にいざなった。

「清助は腹と首の付け根を斬られていた。身を庇うような傷はなかったから、賊はいきなり斬りつけ、あっさり仕留めたのだろう」

武芸の心得がなくても、人間は斬りつけてくる相手に対して、その攻撃を防ぐ動きをする。大方腕に傷を負うことが多い。清助は不意打ちを食らったのだろう。

「やつは昨日、おれたちに音吉を攫った下手人を見たといったばかりだ。殺されたのはその日のうちだ。……こりゃァ音吉殺しにつながっているぜ」

「おそらくそうだろう」

菊之助も異は唱えない。

「だが、ひとまず清助の近辺を洗わなきゃならねえ。悪いが菊之助、例の書き付けの残りをあたってくれないか。昨日おまえにいった御家人二人と、おれが調べるはずだったもうひとりの御家人だ。上役に頼んでいた旗本は問題なかった。これを……」

秀蔵は自分の書き付けを、菊之助に渡した。疑いの晴れたものの名には、棒線を引いてあった。

「清助の調べで引っかかることが出てくれば、おまえにもすぐ知らせる」

「承知した」

菊之助は書き付けを懐にねじ込んだ。秀蔵とはその場で別れた。

「石神さんはどうします？」

ついてくる次郎が訊ねる。

「少しぐらい待たせてもかまわないだろう」

石神とは大橋の東詰めの茶店で落ち合うことになっていた。約束の刻限までは、まだ半刻ほどあった。

菊之助がこれから訪ねるのは、湯島三組町《ゆしまみくみまち》にある小普請組の大縄地《おおなわち》だった。相手は根岸吉五郎《ねぎしきちごろう》という御家人である。小十人組にいたらしいが、昨年の暮れに小普請組に編入され無役になったらしい。つまり、何か粗相《そそう》をして格下げになったと思って間違いない。

明神下《みょうじんした》の町屋を通り抜け、拝領屋敷地に入った。ほうぼうの家の庭から目白や鶯の声が湧いていた。陽気はまだ春めいてはいないが、冬は確実に遠ざかりつつあるようだ。

根岸吉五郎の家は、屋敷地の西外れにあった。相手は御家人ではあるが、今は無役の身である。正面から訪ねても大きな問題にはならないはずだ。菊之助は木戸門を入ると、庭を突っきり、玄関に立った。ようやく年老いた中間が現れた。ずいぶんしょぼくれた老人だった。

「ご当主は在宅であろうか?」

ここは慇懃《いんぎん》な言葉を使う。

「はい、おりますが、はて、どちらの方でございましょうか?」

「荒金菊之助と申す。御番所の使いでやってきた。面倒をかけるつもりはないが、二、三訊ねたい儀があるので取り次いでもらえまいか」

中間が下がるまでもなく、すぐそばに男が現れた。

「御番所の使いと申したな。根岸吉五郎はわしだが、いかようなことだ。そこに立たれておると寒い。遠慮はいらぬから入られるがよい」

菊之助は次郎を表に待たせて座敷に上がった。

根岸は顔も四角ならば、体も四角いという男だった。清助が見たという下手人とはかけ離れた男だ。それに耳たぶにも黒子はない。

「これは念のためにお聞きすることですが……」

菊之助はあらためて挨拶をして切り出した。

「御番所の使いとはただならぬが、なんなりと」

「江橋屋という札差はご存じかと思いますが、その店に音吉というひとり息子がおり、その音吉が先日何者かに連れ去られ殺されるという事件がありました」

「それはむごいことに……」

「下手人は二百両を江橋屋にねだったのですが、金を受け取る前に音吉を殺したまま行方をくらましております。その件で、何かお気づきのことがあれば教えていただきたいと、罷《まか》り越したわけでございます」

「それはご苦労なことで……だが、わしにはそんな不届きなことをするものに覚えはないし、また音吉という倅のことも知らなんだ」

根岸は一点の曇りもない顔でいう。菊之助は早く切り上げようと思った。

「失礼を承知でお訊ねいたしますが、音吉が連れ去られたのは今月十四日の木枯らしの吹く夜でございました。その日、根岸様はどちらにおられたか覚えておいでございましょうか」

「わしを疑っても無駄なことだ」

根岸はしばらく思案顔になって腕を組んだ。

「十四日といえば、門松《かどまつ》を取り払ってしばらく経った日であるな。あの日は……たしか嫁の家に呼ばれて酒を飲んだのではなかったかな、いや、たしかにそうである」

思いだした顔になった根岸は、中間と自分の妻を呼んで、その日のことを証明させた。菊之助は無礼を丁重《ていちょう》に詫びて根岸家をあとにするしかなかった。

二

「え、あの紙屋の手代が……」

菊之助から清助が殺されたことを聞いた石神は、眉を大きく動かして驚いた。

「おそらく音吉殺しの下手人と同じと考えていいだろう」

菊之助は熱い茶を吹きながら飲んだ。空から鳶《とび》が声を降らしていた。石神と待ち合わせていた大橋東詰めの茶店の縁台だった。

「あっさり決めつけていいもんですか？」

「決めつけるわけではないが、下手人にとって清助は不都合な人間でしかない。口を封じたと思って間違いないだろう」

「でも、もう遅すぎたんでは……清助は何もかも横山さんに話してるんですから」

「まだ、話し忘れた大事なことがあったかもしれぬ。下手人しか知らない何かをな」

「口封じに違いありませんよ」

次郎が隣から声を挟んでつづける。

「それに下手人は、清助が番屋に行って自分のことを話したことを知っていなけりゃならねえ。そうでなきゃ殺すことなどなかったはずだ。そうですね、菊さん」

「いかにも、そうだろう」

「だろうじゃなくて、そうに決まってますよ。つまり、下手人は清助が番屋に行って何を話したかを知っているんです。当然、おいらたちのことも見ていたはずです。となると、賊はあの近くにいたってことになりますね」

次郎は自分の推量を披露して、目を輝かせる。

「近くにいたか、遠くから様子を見ていたかのどっちかだろう」

「ひょっとすると、下手人は音吉を殺したあとで、清助に気づいたのかもしれませんよ。そういえば、真砂町の団子屋でおれのことをじっと見ていた野郎がいたなと……あとでそんなことを思い出すことがよくあるじゃないですか」

「……そうかもしれぬ。大いに考えられることだ」

「ですよね」

「次郎、その団子屋への聞き込みは終わっていたな」

「昨日、横山の旦那と寛二郎さんがやっているはずです」

「……もう一度聞き込みをかけてきてくれないか。人の記憶というやつは案外いい加減なものだが、おまえのいう通りあとになってふと思い出すこともある」

「わかりました。それじゃひとっ走り行ってきましょう。で、終わったら……」

「この店で待っていろ。おれの聞き込みもそう手間取りはしないだろう」

次郎と別れた菊之助は石神を伴って、まずは坂本新蔵の家を訪ねることにした。

屋敷は御竹蔵《おたけぐら》の東側、南割下水《みなみわりげすい》の西端だというのがわかっていた。

「おれに付き合っていたら、家探しはなかなかできないな」

「なに、いざとなりゃすぐ見つかりますよ。それより、音吉の敵を討つのが先です。それでなきゃ、やつは浮かばれません」

「タローはどうしてるんだ？」

「さっきも餌をやってきましたよ」

「顔に似合わずやさしいところがあるもんだ。人は見かけによらないか」

「どういう意味です？」

菊之助は笑って誤魔化した。

「新しく買った着物はどうした？」

石神は以前と同じ埃くさい着物姿だった。

「あれは家を越してから着ることにしたんです。目出度《めでた》い引っ越しに合わせようと思いましてね。それで気分も変わるってもんです」

「ま、そういうこともあろう……」

他愛ない話をしているうちに坂本新蔵の家に着いた。菊之助は根岸吉五郎と同じように坂本家を訪《おとな》い、同じことを聞いた。

例の黒子もなかったし、清助が見た下手人にも遠いように思われた。

「これで残るはひとりだ」

菊之助はここで引っかかりがあればよいと思ったが、最後に訪ねた長瀬収蔵にも疑うような点はなかった。

長瀬家をあとにした菊之助は、わずかな徒労感を覚えていた。下手人の手がかりはまったくつかめぬままだ。

「おまえはまだ何も思い出せないか……」

大橋東詰めに引き返しながら、隣を歩く石神に訊ねた。

「……思い出せませんね」

「面と向かい合えばどうだろうか」

「さあ、それも……」

「だが、おまえは声を聞いている。下手人の声を聞けば、わかるのではないか」

「わかるかもしれませんが、自信はあまりありません」

「ずいぶん頼りないことをいうな」

「日がたつと、だんだんそうなりますよ」

そうかもしれないと、菊之助はため息をつくしかない。

次郎と待ち合わせの茶店に戻り、また茶を飲んだ。大川には上り下りをする荷船が多く見られた。すれ違う舟の間を縫うように、足の速い猪牙舟《ちょきぶね》が柳橋《やなぎばし》のほうへ向かっていた。川は高く昇った日の光をまぶしく弾いていた。

「もし、このまま下手人がわからなかったらどうなるんです？」

「どうしようもないだろう。町方には簡単に探索をあきらめるものもいるという。だが、秀蔵は違う。やつは決してあきらめないはずだ」

「……下手人が捕まらなきゃ、音吉は浮かばれませんからね」

ぽつりという石神を、菊之助は見た。そのとき石神の眉がぴくりと動いた。

「次郎です」

橋の向こうから次郎が小走りにやってきた。菊之助のそばに来ると両膝に手をつき、肩で息をしながら額の汗をぬぐった。

「菊さん、もうひとり下手人を見たものがいました」

菊之助は、かっと目を瞠った。

「それは？」

「団子屋の小女《こおんな》が思い出したんです」

「次郎、話を聞きに行こう」

菊之助は卒然と立ち上がると、脇目もふらず大橋を渡りはじめた。

三

「昨日、お役人さんが見えたときに話そうとしたんですけど、あんまり自信がなかったんで黙っていたんです」

そういう団子屋の小女は、臆病そうな目を何度もまばたきさせた。十七歳の小作りな顔の女で、奉公に来て三年目だという。名をおこうといった。

「その侍はこの店に音吉とやってきたんだな」

「いいえ」

菊之助の問いにおこうは首を振った。

「会ったのは量恵《りようけい》先生に団子を届けた帰りでした」

「量恵先生……？」

浅草田原町《たわらまち》一丁目の町医者だった。正しくは永野《ながの》量恵というらしいが、どうでもいいことだった。

「音吉ちゃんはそのお侍と寺町《てらまち》のほうに歩いてゆきました。すれ違って、今のは音吉ちゃんだとすぐに気づいたんですが、何だか楽しそうに話していたので声はかけませんでした」

寺町というのは浅草寺西側の筋をいう。そのまままっすぐ北へ行けば、江橋屋が身代金の受け渡しをするはずだった場所に通じる。

「音吉のことは知っていたのだな」

「はい、よく団子を買いに来ていましたし、親しく話したこともあります。犬の面倒を見ているけど、この店で飼ってくれないかと頼まれたこともありました」

菊之助は思わず石神を見たが、すぐに顔を戻した。

「それで、その侍の顔はしっかり見たか？」

「それが……」

おこうは口を濁した。

「暗かったので、よくは覚えておりません」

「どっちかの耳たぶに黒子はなかったか？」

「そこまでは見えませんでした。ただ……」

「なんだ」

菊之助は思わず詰め寄った。おこうは半歩身を引いた。

「猫背だったように思うんです」

「猫背……」

おこうのいう侍は小さい音吉の背中に手を添えていたらしいから、多少猫背になっても仕方ないかもしれない。だが、聞き流すわけにはいかない。

その後、清助が見たという下手人の特徴を話すと、大体同じようだといった。

「もし、その侍に会えば、顔を思い出せるか？」

おこうはしばらく考えたが、わからないといった。

「……また何か思い出すことがあったら、近くの番屋に行って御番所に知らせるようにいってくれるか」

「はい」

おこうは、ちょこんと辞儀をした。

「思うようにいきませんね」

団子屋をあとにしながら次郎がいう。

「次郎、江橋屋は耳に黒子のある客を覚えていないだろうか？」

「それは昨日、寛二郎さんがたしかめています。江橋屋の旦那も番頭も首をかしげただけだといっておりました」

「そうか……」

腕組みをして歩く菊之助は、秀蔵の絞り込みに誤りがあったのではないかと思った。当初、江橋屋から聞いて書き付けたのは四十六人だった。秀蔵が絞り込んだのは、そのなかの八人。下手人は残りのなかにいるのかもしれない。

「菊さん、どうするんです？」

「もう一度、江橋屋に行って話を聞くことにする」

だが、江橋屋では無為《むい》に時間をつぶしただけだった。ただ、秀蔵が絞った八人以外にも、あやしげな者が新たに五人ほど浮上した。

「調べは明日にするか……」

江橋屋を出た菊之助は、夕闇に包まれた町を眺めてつぶやいた。

「荒金さん、おれは明日はちょいと用事がありますんで、付き合えませんが、いいですか？」

別れ際に石神が遠慮がちな顔でいった。

「かまわぬさ。おまえも何かと暇暮らしばかりでは大変だからな」

菊之助はその場で石神と別れた。

「秀蔵はどうしているかな」

「捜して様子を見てきましょうか」

次郎が肩を並べていう。

「そうしてくれるか」

「じゃあ、あとで菊さんの家に行きます」

次郎は薄暮の町に消えていった。

四

その夜、玉亭のおてるが訪ねてきた。帰宅したばかりの菊之助が楽な浴衣にどてらを羽織ったときだった。

「夜分に失礼かとは思ったのですが、この度はいろいろとご迷惑をおかけいたしました。もっと早くにご挨拶に伺《うかが》わなければならないと思っていたのですが、店や子供のことで手が離せず遅くなり申しわけございません」

おてるは戸口で丁寧な挨拶をした。

「気を使うような家じゃありません。さあ、お上がりください」

菊之助がうながすのに、おてるは恐縮の体《てい》でどうしようかと躊躇《ためら》った。

「遠慮はいりませんから、どうぞ」

お志津の言葉で、

「それでは少しだけお邪魔させていただきます」

と、草履を脱いで居間に上がってきた。再度、深々と頭を下げ、つまらないものだがと、風呂敷に包んだ土産を差し出した。通町《とおりちょう》にある常陸屋《ひたち》の菓子だった。

「まあ、こんな上等なものを、かえって恐縮ですわ。あ、今お茶を淹れますので、どうぞごゆっくりなさってください」

お志津には、すでに半兵衛との経緯は話してあり心得ていた。だが、おてるの印象がいいのか、お志津はいつになく歓待の体《てい》である。

「その後、あの男がやってくるようなことはありませんか」

おてるは、ちらりとお志津を気にした。

「あれにはもう話してありますが、他言はしませんので、どうかご安心を」

「はい、あれからは何もありません。おそらくもうやってこないと思います」

「万が一、また現れるようなことがあったら、すぐにわたしのところに飛んできなさい」

「その折には何とぞよろしくお願いいたします」

お志津が茶を持ってきた。おてるはあくまでも腰が低く、恐縮している。

「ご新造様にもわたしのことで、この度はご面倒をおかけしたようでまことに申しわけございませんでした」

「そんなこと気にすることないのよ。この人が心配だからというので、様子を見ただけですから。でもよかったわね」

「はい」

お志津は微笑ましくおてるを眺めた。

「この人とは、なんでも八年ぶりだとか……」

「思いもしないことでした。何度も救っていただき、本当に荒金さんには足を向けて寝られません」

「そう堅苦しく考えることはないよ。ともかくこれまで通り暮らせるようになればなによりだ」

菊之助が茶をすすれば、お志津がまた声をかけた。

「ほんと、そのとおりだわ。お坊ちゃんは、文吉ちゃんとおっしゃったわね」

「はい」

「いくつになるのかしら?」

「五つでございます」

「それじゃ元気盛りね。ここは何も遠慮することないから、いつでも連れてくればいいわよ。わたしも子供は大好きだから」

「わたしと一緒になる前は、近所の子供を集めてこの家で手習いの師匠をやっていたのだよ」

菊之助が補足すると、おてるはそうだったのですかと、感心したように目を瞠ってお志津をあらためて見た。

「文吉ちゃんがその気になったら手習いぐらい教えてあげますわよ。束脩《そくしゅう》なんて堅苦しいことは申しませんから」

お志津が微笑んでいうと、ようやくおてるから硬さが取れた。

それからは他愛ない話になった。おてるはお志津に心を許したようだった。訪ねてきたときと、帰るときではずいぶん感じが違っていた。

「とてもやくざな人間に躾《しつ》けられたとは思えないですわね」

おてるが帰ったあとで、お志津がぽつりといった。

「玉亭で感化されたこともあるのだろう。あそこの主はなかなかの人物だからな」

「きっと、おてるさんの生まれ持った素養もあるのだと思いますわ。遅くなりましたけど、今、夕餉の支度をしますので……」

「酒も頼む。冷やでいいよ」

お志津はすぐに酒の用意をしてくれた。

「それで、江橋屋のほうはいかがなのですか？　下手人のめどは立っているんでしょうか？」

台所仕事をしながらお志津が聞いてきた。めずらしいことだが、今回は事件当初からそれとなく事情を知っているので気になっているのだろう。

菊之助は隠し立てするようなことはないので、これまでのことをあらかた話してやった。膳拵《ぜんごしら》えが整うまでのいい暇つぶしでもある。

「黒子というのは気になりますけど、ひょっとして見誤ったなんてことはないのかしら」

お志津は香《こう》の物を盛りつけながらいう。

「見誤った……」

「いくら店に明かりがあったとしても、それなりに暗かったのではないでしょうか。例えば耳のところに髪のほつれがかかっていたとしたら、見方によっては黒子に見えることもあるかもしれません」

「……そんなこともあるか」

「見間違いは誰にもありますから」

「しかし、それをたしかめたくても、見たというものはもういないのだ」

「ひどいことに……」

お志津は鰤《ぶり》の照り焼きを抽斗付《ひきだしつき》の箱膳に載せた。

「秀蔵が絞り込んだ八人はことごとく外れてしまった。下手人は、それ以外にいるということになるが……」

菊之助は盃をほし、箸の先で鰤をほぐした。

「小耳に挟んだことですけど……」

「なんだ？」

「あくまでも噂を耳にしたまでですけど、本所住まいの旗本や御家人には質《たち》の悪い人がいるそうではありませんか」

「そういう人間ばかりとはかぎらぬだろう」

菊之助は鰤をつまんで口に入れた。だが、お志津の聞いた噂はまんざら嘘でもない。本所住まいの旗本や御家人には、幕臣《ばくしん》といっても格の低いものが多く、無役のものも少なくない。大川より西に住まうものらに川向こうと呼ばれる土地柄も手伝い、土地のゴロツキとつるんで悪事に走る軽輩《けいはい》がいるのはたしかだ。

「菊さんが預かっている書き付けには本所の人は……」

「いるよ。今日も二人ほどあたったが、どちらも当てはずれだった」

「……江橋屋に出入りする人ではないというのはどうかしら……」

お志津はそういって汁物を取りに行こうとしたが、菊之助は気になって引き留めた。

「どういうことだ」

「例えば……そうですね。まったく関係がないというのは考えにくいでしょうから、江橋屋に出入りする方の身内とか、知り合いだとか、そんな人もいるのではないでしょうか。いえ、素人の考えですよ」

「……身内」

菊之助は、台所に戻ったお志津につぶやきかけた。

「札差の世話になる人は、必ずしも内証《ないしょう》が安泰だとはいえませんね。どちらかといえば窮《きゅう》している方が多いのではないでしょうか。当然身内も知っていることですから、一家の主が下げたくない頭を札差に下げて断られたら、身内はどう思うでしょうか。さらりと受け流す人もいるでしょうが、そうでない人もいると思うのですよ」

「……」

菊之助は盃を持ったまま宙に目を注いだ。

「だからといって、わたしの話を鵜呑《うの》みにしないでくださいましよ」

「……いや、まんざらでもない」

そういった菊之助は、目を一点に注いだまま、もう一度胸の内で、あり得るかもしれないとつぶやいた。

五

陽気のよい朝というより、前日に比べると生暖かい風が吹いている。

雨か……。

空を見上げるが、その気配はない。するとこれは春風なのかと、菊之助は大きく息を吸い込んだ。どこかで鶯が鳴いている。井戸端で顔を洗って、次郎の家を見た。昨夜、待っていたが来なかった。

「次郎、いるのか？」

戸口に立って声をかけた。返事はない。首をかしげてもう一度声をかけると、寝ぼけた声があった。

「入るぞ」

戸締まりはしていない。がらりと戸を開いて入ると、半身を起こした次郎が目をこすっていた。

「もう朝ですか」

「とっくに日は出ている。遅かったのか？」

「横山の旦那の調べが遅くなりまして……ふぁー」

次郎は大きな欠伸をして、

「菊さんが寝てちゃ悪いと思って遠慮したんです」

また目をこすり、胸のあたりをかく。

「顔を洗ったらうちに来い。一緒に飯を食おう。話はそのときに聞く」

菊之助は家に戻った。

竈の上の飯釜と鍋から湯気が立っていた。次郎を朝餉に呼んだことをお志津に伝える。

「今、納豆を買ったんで、それを食べてもらいましょう」

襷がけ、頭に手拭い、腰に前垂れをかけたお志津の姿は、長屋のおかみ連中と同じだった。菊之助が居間に腰をおろし、長火鉢の炭を整えていると、茶が運ばれてきた。

「おてるさん、遊びに来てくれるかしら」

茶を置いたお志津が、唐突《とうとつ》にそんなことをいう。

「来てくれるだろう。おてるさんもお志津のことを気に入っていたようだからな」

「ちょっと気になるんです」

「何が？」

菊之助は湯呑みをつかんでお志津を見た。

「何か悩みがあるんじゃないかしら。ときどき思い詰めた顔をしたし、帰るときにも何か思い残しがあるような素振りをしたんです」

「……そういわれると、そうだな」

菊之助はおてるの顔を思いだした。暗い過去があるから、表情に翳があるのかもしれない。それとも、半兵衛の件とは違う何か深刻なことを抱えているのか……。

「気になるんだったら、様子を見に行ったらどうだ」

「……そうですね」

お志津は台所に下がった。だが、すぐに振り返った。

また、思い出したことがあるという。今度は何かと聞けば、

「石神さんのことですけど、本当にあの人の請人になってあげるんですか？」

お志津は目をしばたたく。

「そういったからな。……気に食わないのか？」

「あの人には誠実さが感じられません」

「これは手厳しいことを……。一度会っただけではないか。あれは結構情の深いやつだ。音吉の敵を討とうと自分で聞き込みをしているし、音吉の残した野良犬の面倒も見ている。一見がさつそうだが、じつはそうではないはずだ」

「……」

「人は上辺《うわべ》ではわからないものだ」

「裏を隠して上辺だけの人もいます」

「石神がそうだと申すのか……」

「女の勘です」

きっとした目でお志津がいったとき、次郎が訪ねてきたので、その話は打ち切った。

「何かあったんですか？」

気まずい空気を察したのか、次郎がきょとんとした顔でいう。

「何もないわ。さあ炊きたてよ」

お志津が取り繕って、いつもの笑顔を見せた。

次郎は飯を食いながら昨夜の秀蔵の調べを話した。殺された清助は人柄もよく、店でも信頼の厚い男だった。年下の奉公人の面倒もよく見、近々妻帯する予定があったという。

「横山の旦那は女が関わってるんじゃねえかと、それも調べましてね」

次郎はみそ汁をすする。大きな浅蜊《あさり》が入っていた。

「女というのは？」

「清助さんが一緒になろうとしていた女です。水茶屋《みずぢゃや》の茶汲《ちゃく》み女なので、もしや裏に変な男がくっついてりゃ、そいつの仕業じゃないかと思ったんです。ちょいときつそうな女なんですよ」

「……会ったのか？」

「へえ、旦那について見張りをしましたから……でも、勘繰《かんぐ》りすぎたようです」

つまり女にあやしげな男はいなかったということだ。

「それで下手人の手がかりは……」

「ありません。横山の旦那は、やはり音吉殺しと同じ下手人じゃないかと、そうにらんでます。おいらも端っからそうだと思っていたんですけどね」

「それじゃ引きつづき、あの書き付けにある人間をあたるってわけだな」

「旦那は絞り込みすぎたといってました。もう少し幅広くやるみたいです。それで菊さんに相談があるといってました」

秀蔵は五つ半（午前九時）に、海賊橋《かいぞくばし》の近くにある茶店で会いたいといっているらしい。

朝餉を終えた菊之助は着替えにかかった。

浴衣からいつもと同じ着流しに帯を締める。着替える際はお志津が手伝うが、石神のことで些細《ささい》ないい合いをしたせいか、口数が少なかった。菊之助も下手なことをいえば、また感情がもつれると思い黙っていた。

ただし、家を出る際、

「菊さん、また余計なことをいって気分を害されると困るんですけど……」

と、お志津は少し躊躇った。

「別に気分など害してはおらぬ」

「それじゃいいますが、石神さんが下手人だったらどうします」

菊之助はため息をついた。

「それはまずない。言葉は悪いが下衆の勘繰りだと思った。

「それはまずない。下手人を見たという清助も、団子屋の女中も石神に会っている。もし石神がそうだったら、二人がそうだととっくの昔にいってるはずだ。気
を使ってくれるのは嬉しいが、それよりおてるさんの様子を見に行ったらどう
だ」

「出過ぎたことを、ごめんなさい」

「なに、気にしちゃいないさ」

菊之助はお志津に微笑んでやった。

六

だが、菊之助は気になっていた。なぜ、石神のことをああまで、お志津が毛嫌
いするようなことをいうのかわからない。石神を非難されると、庇いたくなるし、

反撥《はんぱつ》して誤解をといてやりたくもなる。

だが、何かが引っかかる。お志津は女の勘だといった。

勘か……。

「菊さん、どうしたんです?」

「ああ、ちょいと考え事をしていたんだ」

次郎に声をかけられて我に返った。ちょうど海賊橋の上だった。菊之助はしばらく立ち止まって、下を流れる楓川《もみじがわ》を眺めた。すぐ先は日本橋川《にほんばしがわ》と合流する河口だ。右には丹後田辺《たんごたなべ》藩牧野河内守《まきのかわちのかみ》上屋敷がある。白漆喰《しっくい》の海鼠塀《なまこべい》が、楓川の照り返しを受けていた。

小舟や荷船の出入りが多くなっている時分だが、川の端にはおしどりの群れがあった。

雌《めす》は土鳩《どばと》のようにくすんだ灰色だが、雄《おす》はきらびやかな衣装を纏《まと》っている。赤い嘴《くちばし》、頭頂部は青光りのする羽毛、首のあたりは赤紫、胸には二本の縞、目から頭の後ろあたりまでは白で、その先には緑が混じる。

雄はそんな派手な衣装で雌の関心を誘うのだろうか。しかし、一旦番《つがい》になった雄と雌は殊の外仲がよい。雄は浮気をすることもなく、雌を守りつづける。自分の連れ合いに、他の雄が近づけば、毛を逆立て必死に威嚇《いかく》して追い払う。

そんな鳥たちを見ていると、おしどり夫婦という意味がよくわかる。

「菊さん、行きますよ」

橋を渡った次郎が振り返っていた。

「ああ」

茶店に行くと、すぐに秀蔵と寛二郎がやってきた。

「昨日はどうだった」

秀蔵は挨拶もそこそこに聞いてくる。菊之助は昨日あたった三人の御家人について簡略に話した。

「それで、団子屋の女中が下手人を見ていたらしいな」

「次郎から聞いてると思うが、もう一度話すか」

「頼む」

菊之助は団子屋のおこうから聞いたことを、そのままそっくり話した。秀蔵は茶をすすりながら目を輝かせていたが、

「黒子は見ていないが、猫背だった……」

話を聞き終えたのち、遠くに目をやって言葉を継いだ。

「おこうって女中は音吉とその侍とすれ違ったのだな。音吉らは寺町のほうに向かい、おこうは店に帰っていた。すると、おこうは二人の左を歩いたというわけだ。相手から見れば右……」

さすが伊達《だて》に町奉行所の同心はやっていない。秀蔵は鋭いことをいう。

「それには気づかなかった。だが、その逆かもしれぬ」

「そうかもしれねえ。しかし、提灯の明かりを頼りに歩く夜道。黒子は見えなくて当然だろう。その侍の左耳に黒子があればなおのことだ」

「もう一度おこうに会ってみるか……」

「いや、おれが直接会うことにする。それより、清助殺しの下手人は、音吉殺しと同じだと思われる。江橋屋から聞き出したもののうち八人は疑いが晴れたが、まだ他にもいる。こうなったからには片っ端からあたっていくしかねえ」

秀蔵は菊之助が考えていたことと同じことを口にした。

「昨夜おれが残りのものを書き出したのだ。手分けしてやる」

菊之助の膝の上にその書き付けが載せられた。

秀蔵は書き付けを振り分けていた。全部で二十八人。その他に六人の人間がいるらしいが、それは上役の与力に助を頼むということだった。

「つまり、おれが十四人。おまえが十四人のおあいことというわけだが、今度ばかりはおまえに無理をいうわけにはいかねえ。それぞれ住んでいる場所が違うから、ここはおれでここはおまえだというふうにすれば、無駄が生じる」

秀蔵は探りを入れる人間の振り分けや、その対象となる人間について簡単な説明をはじめたが、菊之助は耳を傾けながらも他のことを考えていた。

それはお志津のいったことだった。今朝口にしたことも気になるが、昨夜お志津のいった科白《せりふ》が、のしかかる雨雲のように、菊之助の頭に広がっているのだった。

お志津はこういった――。

――まったく関係がないというのは考えにくいでしょうから、江橋屋さんに出入りする方の身内とか、知り合いだとか、そんな人もいるのではないでしょうか。

そうなのだ、下手人は必ずしも江橋屋に出入りするものでなくてもいいのではないか。お志津のいうとおりかもしれない。菊之助は今になって、お志津の言葉に重要性を感じているのだった。

目の前の広小路には青物市が立っていた。春先の野菜は品薄で、その量も少なかった。行商のものたちも数が少ない。

「おい、菊の字。聞いてるのか」

秀蔵のとんがった声と、厳しい目が飛んできた。

「……ああ、聞いてる」

上《うわ》の空《そら》で答えて、膝の書き付けに視線を落としたが、すぐに思考をもとに戻した。やがて、秀蔵がそういうことだといって、自分の膝を叩いた。

「それじゃ頼むぜ、菊之助」

「……承知した」

秀蔵は寛二郎を連れて浅草真砂町の団子屋に向かった。

「菊さん、おいらたちも……」

「うん、そうだな」

菊之助は熱に浮かされたような足取りで、江戸《えど》橋を渡り、魚河岸を抜けて神田に向かった。頭のなかで、何かがまとまりつつあった。

「……ひょっとすると」

言葉を切って足を止めたのは、竜閑《りゅうかん》川に架かる地蔵《じぞう》橋の手前だった。川の畔に冬枯れの桜が枝を伸ばしていた。その木の上に一羽の百舌が、じっと丸くなって止まっていた。

「なんです？」

次郎が見てくる。今日の菊さんはおかしいですよという。

「もしや、下手人はすぐそばにいるのではないか……」

「どういうことです」

目を瞠った次郎を、菊之助はまじまじと見つめた。

「次郎、ひょっとするとおれたちは大事なことを見落としていたのかもしれぬ」

「なんです？」

「今、それをたしかめるんだ。ついてこい」

さっきと違い、菊之助は足早に歩きはじめた。

七

菊之助は黙々と歩きつづけた。並んで歩く次郎が、いったい何があったんだ、どうしたんだとしつこく聞くが、菊之助は自分の考えを一心に整理していた。

かかっていた霧が靄《もや》に変わり、もうすぐ晴れそうな気配があるのだが、最後の靄がなかなか去ってくれない、そんなもどかしさがあった。だが、それもこれからたしかめれば、何もかもわかるはずだ。

「ねえ、菊さん、どうしたんです。どこへ行くんです？」

「少しは黙ってろ。考えがあるんだ」

ぴしゃりといってやると、次郎は口を蛸《たこ》にし、むくれ顔になって口を閉じた。

菊之助は記憶の糸をたぐり寄せつづけた。そんなに遠い過去のことではない。精神を集中すると、まるでついさっきのように段々と思い出すことがある。

「菊さん、横山の旦那にいわれた調べがあるんですよ」

「わかっている」

「それじゃ、書き付けにある旗本の……」

次郎は歩きながら、秀蔵から預かっている書き付けをのぞき見る。

「こっちには調べる相手はいませんけどね」

「次郎、考えの邪魔だ。もう少し黙っていろ」

「でも、どこに行くかぐらい教えてくれたっていいでしょう。減るもんじゃあるまいし、それとも減っちまうんですか？」

「減りそうだから黙っていろといったんだ。石神のいる寺に行くんだ」

「なんだ、だったら最初からそうだといってくれりゃいいのに。だけど石神さんは、今日は用事があるとかいってたじゃないですか。いなきゃどうするんです」

「どうもしない」

「手伝いをさせるんだったら、おいらがひとっ走りすりゃいいだけのことじゃないですか」

「いいから」

菊之助はさらに足を急がせた。

やがて、円長寺の山門に着いた。息を整えて石段を上がる。このまま様子を見るか、それとも訪ねるかと考える。酒好きな男だ。まだ寝ているかもしれない。逡巡《しゅんじゅん》した菊之助だったが、石神のいる納屋の前に行って立ち止まった。目顔《めがお》で声を出すなと次郎にいい聞かせ、

「石神、いるか……」

声をかけたが返事はない。代わりに、木立のなかにいる鵯が甲高い声で鳴いた。

菊之助の胸にいやな予感がよぎった。まさか殺されているのではないだろうな……。思い切って引き戸を開けた。納屋はがらんとしていた。石神の姿はない。

そのまま足を踏み入れて、納屋のなかをあらためた。一方の壁に、着物がかけられていた。石神が古着屋で新しく買った着物だ。手に取って、明るい戸口のそ

ばまで行った。

「……やはり」

「なんです？」

「この染みを見ろ」

次郎がのぞき見る。汚れてますねという。

「違う、これは血の痕《あと》だ。おそらく清助のだ」

「えっ、清助って紙問屋の手代……」

「清助を殺したのは、おそらく石神だろう」

「ど、どうしてです？　なぜ、石神さんがそんなことを……」

「いいから来い」

菊之助は次郎を引っ張り出すと、あたりを見まわして境内を出た。ここで石神に見つかりたくなかった。

表通りに出ると、下谷山伏町《やまぶしちょう》の汁粉《しるこ》屋に飛び込んだ。円長寺を見張ることはできないが、山門への入り口を見ることができた。

とりあえず二人前の汁粉と茶を注文して腰を据えた。

「食え」

注文の品が届くと次郎にいってやった。

「横山の旦那がいたら喜びますね」

次郎はどうでもいいことをいって箸を取る。秀蔵は甘党だ。

「おそらく石神は音吉殺しの下手人を知っている」

「ぷっ」

次郎が汁粉を噴き出しそうになった。

「どうしてです?」

「今になって考えるとおかしなことがいくつかある。順番はともかく、やつは昔の仲間に会って仕事を見つけられそうだといった。ついでに家を借りたいので、おれに請人になってくれとも」

「………」

「さらに着物を買った。帯も新調した」

「そんな金をどうやって作ったんです。ほとんど文無しみたいだったじゃないですか」

「そうだ。おれはやつに一分を渡した。それでやり繰りしたのではないか、あるいは昔の仲間に借りたのではないかと思った。だが、それはおそらく違う。音吉殺しの下手人からもらったのだろう」

「どうしてそうだと？」

「数日前、おまえは聞き込みの途中で石神に会ったな」

「ええ、会いました」

「やつは感心にも下手人捜しをしているといったのだったな」

「たしかに……」

「そして、やつは見つけたのだ」

「え！　ほんとに？」

「いいか、やつは秀蔵の書き付けを見たがった。おれが見せると、食い入るようにその書き付けを見た。また、清助が現れたとき、やつは非常にまずいことになったと思ったはずだ」

「どうしてです？　あの人は音吉の敵を討ちたがっていたんですよ」

「最初はそうだったかもしれない。だが、やつは下手人を見つけたことで気が変わった。こいつを金蔓《かねづる》にしようとな。もしくは先方からいいだしたことかもしれない。この辺は当人に聞かなければわからないが、十中八九そうだろう」

「それじゃ、清助の口封じをしたのは石神ってことですか」

「返り血を浴びていたさっきの着物が証拠《あかし》だ。清助が殺された翌日、やつは以前着ていた着物を着ておれの前に現れた。血が付いている着物など羽織れないからあたりまえだ」

「それじゃ、それじゃ……」

次郎は視線を宙に彷徨《さまよ》わせてつづける。

「石神はおれたちの動きを音吉殺しの下手人に教えていたってことですか？」

「そういう取引をしていると考えていいだろう」

「菊さん、ちょっと待ってください。すると、団子屋のおこうは……」

菊之助はきらっと目を輝かせた。

「おこうまでは狙わないだろうが……いや、わからぬな。行ってみよう」

腰を上げると、次郎が慌てて汁粉をすすり込んだ。

おこうに抱いた心配は杞憂《きゆう》であった。ただし、音吉殺しの下手人が接近してくるかもしれないので、気をつけろと注意を与えると、店の主と女将は万が一のことを考えて、しばらく親許に帰すほうがいいかといった。菊之助もそうするようにと勧めた。

「どうします？」

団子屋を離れながら次郎が聞く。

「石神を捜すんだ。やつを見つければ、自ずと下手人のところへ案内してくれるはずだ」

第七章　おしどり

一

菊之助と次郎はもう一度円長寺に戻った。

今度は周囲に十分な警戒をして、石神に気づかれないようにした。見張り場も円長寺の山門につづく道に近い、小さな万屋《よろず》に腰を据えた。さっきの汁粉屋よりも、よく見通しがきき、もし石神が寺の裏から戻ってきたとしても見張れる場所だった。

万屋の主は心付けを弾むと気さくに承諾してくれ、菊之助のそばに手あぶりを持ってきてもくれた。店には草鞋《わらじ》や塵紙《ちりがみ》などの小物から、鍋や釜なども置いてあった。だが、客の入りは少なく暇そうだ。

主は長火鉢のそばに居座って煙草ばかり喫《の》んでいる。

「石神は、今日は用があるといってましたが、どこへ行ったんでしょうね」

「うむ」

菊之助は店の女房が持ってきてくれた茶をすすった。

「……下手人に会っているか、それとも家探しに行ったか」

「タローって犬は……」

菊之助は湯呑みを口の前で止めた。石神は野良犬の世話をしているはずだ。そうすると、今日も餌を運んでいるか、これから運ぶのではないだろうか……。

「次郎、おまえはここで見張りをつづけてくれ。馬場に行ってくる」

「石神が戻ってきたらどうします？」

「見張っているんだ。出かけるようだったら尾《つ》けて、行き先を突き止めろ」

「どこに連絡《つなぎ》ます？」

「……おこうの団子屋にしよう。馬場に行くついでに店に話しておく」

団子屋は馬場に行く途中にあるし、連絡場にしておけばおこうの身の安全も少なからず図れるはずだ。

次郎を残して、菊之助は堀田原馬場に向かった。まだ朝のうちである。うまくすれば今日中に片をつけられるかもしれない。

菊之助は歩きながらも浪人のなりをした男たちに注意の目を向けていた。石神に出くわしたら、適当なことをいってあとを尾けるつもりだ。

空は青く澄みわたっている。日向《ひなた》はいつになく心地よいし、風も冷たくなかった。人家の庭にある梅には、蕾《つぼみ》が見られた。月が変われば梅見の時季になるだろう。

団子屋に立ち寄って連絡場にすることを話した。今のところ曲者がやって来た様子はないようだ。もっとも昼日中におこうを襲うとは思えない。

団子屋をあとにすると馬場に行った。タローという野良犬はいなかった。馬場のなかにもその姿は見えない。菊之助は馬場沿いに歩いてみた。

ひとりの馬場守が地面を探るように何かを摘み採っていた。土筆《つくし》だとわかる。和《あ》え物や煮物、浸《ひた》しとその用途は多い。

「つかぬことを訊ねるが……」

声をかけると、柵の向こうにいる馬場守がひょいと頭を上げた。

「この馬場に野良犬がいたと思うが、見なかったか？」

「あの犬ですか。もういませんよ」

馬場守はあっさりいう。

「いない……」

「さる殿様があの犬を気に入りましてね。うちで飼おうと屋敷に持ち帰られました。人なつこい犬なので飼いやすいと思われたんでしょ」

「いつのことだ？」

「さァ、もう三、四日前でしたか……」
三、四日前……。
やはり石神は嘘をついている。昨日タローのことを聞いたとき、やつはさっきも餌をやってきたといった。何だか無性に腹が立ってきた。

「犬に餌をやっていた浪人がいたのを知らぬか？」

「いましたけど、このところとんと見ませんね。……何かありましたか？」

「いや、聞いたまでだ」

言葉を濁《にご》した菊之助は次郎のいる万屋に戻ることにした。

お志津の勘は当たっていた。石神はやはり食えない男だ。見つけたらいやってほど懲らしめてやる。くそ、と菊之助は吐き捨てた。

万屋に戻ると、次郎が早かったですねという。石神はまだ寺には帰っていない

ようだ。馬場で聞いたことを話してやると、

「ずいぶん人を食ったことをしやがるやつですね」

次郎も憤りを顔に表した。

「善人ぶりやがって、腹立たしいとはこのことだ。請人を頼むなどと厚顔《こうがん》にもほどがある」

「ずいぶん舐めたことを……人殺しのくせにふざけた野郎だ」

次郎は顔をしかめて十手をしごいた。

昼が過ぎた。それからまた半刻が過ぎた。石神は現れない。

「次郎、聞き込みの最中に石神に会ったといったな。それはどこだった？」

「明神下です」

「明神下……」

下手人はあの辺にいるのか……。菊之助は円長寺の木立の先に浮かぶ雲を眺めた。石神が現れたのはそのときだった。

菊之助は山門をくぐってゆく石神の背中を凝視した。

二

「菊さん、どうします？　とっちめて口を割らせますか？」

「いや、すんなりはいかないだろう。やつにとって下手人はいい金蔓のはずだ。のらりくらりと逃げ口上をしゃべるに違いない」

「だけど、清助を殺したのはやつでしょ。着物に血糊《ちのり》があったんです」

「清助の血ではないというかもしれない。面《つら》の皮の厚いやつだ。おそらくいい訳も用意しているだろう」

「じゃあ、どうするんです？」

「やつを見張るしかない。いずれ下手人に会うはずだ。それに石神は大袈裟《おおげさ》なことをいって、下手人に金を吹っかけているとも考えられる」

「……それくらいのことはしそうですね」

「だが、心配なことがひとつある」

「何です？」

「下手人は金目当てに音吉を攫ったのだから、当然金がほしいはずだし、金に困っているだろう。それなのに石神に搾り取られている。窮した下手人は石神の命を狙うかもしれない」

「そうなったら……」

「その前に二人を押さえるしかない」

「横山の旦那に助を頼んでおきますか……」

「そうしたいところだが、秀蔵がどこにいるかわからぬ。……出てきたぞ」

石神が寺の境内から抜けてきた。

通りに出ると、一度左右を見て歩きだした。下谷屏風坂《びようぶざか》のほうだ。

「気取《けど》られぬように離れて尾ける」

万屋を出た菊之助は一町ばかり距離を置いて尾行を開始した。町屋に入ると、次郎を路地に走らせ、脇からも尾行するようにした。

石神は下谷屏風坂下から上野山下の雑踏に紛《まぎ》れた。芝居小屋や見世物小屋の他に、大道芸人たちが客寄せをしている。お囃子《はやし》の音と呼び込みの声で騒然としている。そんななかを石神は暇をつぶすように歩き、下谷広小路に出た。

目的があって歩いている素振りではない。暇つぶしのようだ。広小路につらなる商家を冷やかすように見歩いたのち、北大門町《きただいもんちよう》にある小さな煮売り屋の暖簾をくぐった。

菊之助は葦簀《よしず》の陰に隠れて、その様子を窺った。石神は入れ込みに腰を据え、酒を飲みはじめた。

「まさか、ここで下手人と落ち合うのでは……」

次郎が隣に来ていう。

「わからぬ。単なる暇つぶしかもしれない」

日はまだ高く、表は明るい。

石神は一刻近くその煮売り屋で酒を飲み、表に出た。やっと八つ半（午後三時）過ぎで、日が傾くまでにはまだ十分な時間がある。

石神は相変わらずのんびりした足取りで、下谷御徒町《おかちまち》に入った。酔っているふうではない。酒が強いのはわかっていたが、さっきの店で四合は飲んでいる。微《ほろ》酔《よ》いになっているはずだ。

石神は武家屋敷のひしめく練塀《ねりべい》小路を抜けて、神田の火除け広道に出た。幾分風が冷たくなった。神田川の畔《ほとり》に並ぶ柳がそよぎはじめている。

石神に近づいてくるものはいない。暇を持てあましているようだ。近くの町屋を流し歩き、今度は神田佐久間町の蕎麦屋に入った。

暖簾越しに様子を窺うと、石神はまた酒を注文していた。

「いったい何を考えてるんですかね」

次郎は苛立《いらだ》っていた。

「わからぬ」

「このまま誰にも会わないで、寺に戻るようだったらどうします」

「……尾けるだけだ」

次郎はため息をついた。

日が翳りはじめた。人の影も長くなっている。

石神は半刻ほどで蕎麦屋から出てきた。ここでも二合の酒を飲んでいたが、足取りはしっかりしている。

しかし、さっきまでと様子が違う。歩き方に迷いが感じられない。どこかへ行くというはっきりした目的があるようだ。夕暮れの町には仕事帰りの職人や、城詰めの武士の姿が見られるようになった。そんななかを棒手振の行商たちが縫うように歩いている。

石神は昌平坂《しょうへいざか》学問所のほうへ向かっていたが、昌平橋を渡り、淡路坂《あわじざか》を上りはじめた。左は武家地、右手には樹木が生えている。樹間越しに神田川の流れが見え、その先にある学問所も眺められる。

坂のずっと先の空が朱に染まりはじめていた。日はようように落ち、薄闇が漂いはじめている。坂上には太田姫稲荷《おおたひめいなり》神社がある。土地のものは一口《いもあらい》稲荷と呼んでおり、淡路坂も一口坂《いもあらいざか》と呼ぶことが多い。

坂を登り切ると、鬱蒼《うっそう》とした木々が切れ、まばらな木立となる。神田川に向かう斜面には枯れ尾花《かおばな》が揺れており、そのさらに下には葦《よし》が茂っているが、どれも枯れ色だ。

石神は一口稲荷の脇道に入った。少し先には木立があり、狭い空き地がある。

菊之助と次郎は木々の陰に隠れながら、一口稲荷の裏で石神の様子を見守った。

「やつは待ち合わせをしているんだ」

「それが音吉殺しの下手人ですね」

「おそらく、そうだろう」

葉をすっかり落としきった銀杏《いちょう》の木に止まった鴉が鳴いた。二羽三羽と集まり、うるさく鳴き声をあげ、学問所のほうへ飛んでいった。

江戸の町は薄暮に包まれている。

石神は仁王立ちになり腕を組んで、表通りをにらむように見ている。

それから小半刻ほどたったときだった。石神が腕を解《ほど》き、にやりと口の端をゆるめた。菊之助はその目線の先を追った。二本差しの侍の姿があった。

「……ついに現れたか」

つぶやく菊之助は、やってきた男を凝視した。

三

「待っていたぞ。金は持ってきただろうな」

石神は顎を撫でながら男に近づいた。男は緊張の面持ちで立ち止まり、菊之助らに背を向ける恰好になった。

「耳に黒子はないか……」

菊之助は声を押し殺して目を凝らした。

「暗くてわかりません」

次郎が答える。

男はちょうど木立の陰に入っていた。

夕闇は徐々に濃くなっている。藪《やぶ》のなかで鳥たちが短く騒いだ。

「それでどうなっているのだ？」

男が石神に訊ねた。

「うまくやっているさ。町方はおぬしに目をつけたが、おれがうまく立ち回って疑いを晴らしておいた」

菊之助はどういうことだと思った。

「おぬしを見たという紙屋の手代も始末してやったよ」

やはり、と菊之助は目を瞠った。これで、清助を殺したのが石神だということがはっきりした。

「だが、もうひとりおぬしを見たものがいた」

「なに、誰だ？」

男が慌てた声を発した。

「団子屋の女中だ」

「女中……わたしはそんな女に会った覚えはない」

「おぬしになくても、女は見ているのよ。音吉と寺町を歩いているところをな。女中は使いの帰りで、音吉を連れたおぬしとすれ違ったそうだ」

「なに……」

「だが、まあ心配することはねえ。女中ははっきりおぬしの顔を見ているわけじゃない。気になるんだったら、自分で始末することだ。またおれに頼むというのなら、今度はちょいと弾んでもらわなきゃならねえぜ。それより先に金をもらっておこうか」

「その前に、貴公は本当に町方に通じているのだな」

「通じているからあれこれ話してやってるんじゃねえか。町方は下手人を捜そうと江橋屋からあれこれ聞いて、あやしげなものの書き付けを作っている。それを片端からあたっているところだ。だが、おぬしには辿り着きはしねえ。さあ、金だ」

「その書き付けが手に入らぬか」

「それはまたあとの話だ。先に金をもらおう。焦《じ》らすんじゃないよ、根岸殿よ」

根岸……。

菊之助はどこかで聞いた名だと思った。

もしや根岸吉五郎の息子ではないだろうか……。

菊之助は根岸の後ろ姿を凝視した。なで肩で心なし猫背だ。

清助は、下手人は痩せていて身の丈五尺三寸ぐらいだったといった。石神と向かい合っている根岸に当てはまる。

「金はここにある。だが、その前に教えてもらいたいことがひとつ……」

「なんだ？」

「本当にわたしは目をつけられていないのだな」

「だから、うまく立ち回ってやったといってるだろう。音吉殺しの下手人を知っているのはこの世にたったふたり、おぬしとこのおれさまだけだ。さあ、金だ。まずはそれが先だ」

「……わかった。先に渡すことにしよう」

根岸はゆっくりした所作で懐に手を入れた。同時に左足をわずかだが、後ろに引いた。菊之助はその動きを見逃さなかった。片眉を動かして、まずいと心のなかで叫ぶ。

そのつぎの瞬間、根岸が懐から封紙に包まれた包み金を取り出したと思うや、いきなり石神に投げつけた。

虚をつかれた石神は金を取り損ね、慌てて拾おうとした。

「石神、危ないッ！」

菊之助は叫ぶなり、藪のなかから飛び出した。根岸はすでに抜刀しており、その刃は石神の首を刎《は》ねようとしていた。だが、菊之助の登場でその太刀筋が狂い、また石神も根岸の不意打ちに気づいて横に動いた。

その刹那《せつな》、根岸の白刃は石神の肩口を斬っていた。

「うっ、てめえ……」

石神は斬られた肩を押さえて下がった。根岸は菊之助に注意の目を払いながらも、もう一撃を石神に見舞った。

「やめぬかッ！」

菊之助は大喝《だいかつ》するなり、愛刀・藤源次助眞を鞘走らせ、斜め上方に振り上げた。

きーん。

刃のぶつかる音がして、根岸の刀が払われた。

「おぬしは……」

素早く体勢を整えた根岸が問うた。

菊之助は青眼《せいがん》の構えで対峙《たいじ》しながら、目の端で次郎と石神を見た。

「次郎、石神を押さえろ」

「へい」

菊之助は左に回りながら、石神が取りこぼした刀を遠くに蹴った。

「ぬかるな、次郎。石神は脇差《わきざし》を持っている」

忠告を与えるより早く、次郎は十手を石神の首筋に打ちつけていた。

むっと、うなった石神は斬られた肩を押さえたまま地に倒れた。その背中を次郎が押さえ、捕り縄の一方を口にくわえ、素早く石神を後ろ手に縛った。それはあっという間の鮮やかな手並みだった。

「根岸、もしや父御は根岸吉五郎殿ではあるまいな……」

「なぜ、それを」

やはりそうなのだ。

菊之助はこのとき、根岸の右耳たぶに米粒大の黒子があるのを見た。

「刀を引け。最早《もはや》おぬしは逃げられぬ。さあ、刀を引くんだ」

「いやだ」

「……逃げるというか。無用な斬り合いは怪我をするだけだ」

「さあ、それはどっちかな」

強がりをいう根岸の顔はこわばっているが、殺気を強くしている。剣の腕には自信があるのだろう。それに構えに隙がない。

「江橋屋の音吉を拐かし、二百両の金を請け求めたのはおまえだな」

「……」

「だが、江橋屋との取引を断念し、幼い音吉の命を奪った」

「黙れッ……」

「ここで斬り合ってもおまえは助からぬ。逃げたとしても八丁堀与力同心二百四十人がおまえを追いつづける」

「黙れといってるのだ!」

根岸は牽制《けんせい》の突きを送り込んできて、素早く刀を横に振り切った。菊之助は下がることでそれをかわし、刀を逆袈裟《ぎゃくげさ》に振り上げた。

根岸はその太刀をすり上げると、飛び退《の》きざまに足を払いに来た。脛《すね》を斬られそうになった菊之助は跳躍してかわし、着地するなり、一気に間合いを詰めた。

根岸が脇構《わきがま》えから袈裟懸《が》けに刀を振り抜こうとした。だが、菊之助に懐深く入られるのを嫌い、右に回り込み、さらなる反撃をしようとする。

間を外された菊之助は、一度、呼吸を整え青眼《せいがん》に構え直した。それからゆっくりと刀を上段に振り上げた。

右足をべた足にし、左足の踵《かかと》をわずかに上げ、背筋をぴんと伸ばした。脇と胴はがら空きだ。だが、根岸は無用に飛び込んでは来ない。じりじりと自分の間合いを取ろうと動くだけだ。

「……来いッ」

菊之助は誘った。

その刹那《せつな》、根岸が疾風迅雷《しっぷうじんらい》の早業で、白刃を閃かせた。

胴を抜くと見せかけて、一撃必殺の突きを送り込んできたのだ。菊之助は地を蹴って宙に躍った。同時に刀の棟《むね》を返し、

「とおッ！」

裂帛《れっぱく》の気合いを込めて打ち下ろした。

「うぐっ……」

肩の付け根をしたたかに打たれた根岸は片膝をついた。ついで、片手をついた。

「そこまでだ」

もう一度刀の棟を返した菊之助は、ぬめるように光る刀身を根岸の喉に突きつけた。

四

「根岸、名は？」

菊之助は刀を突きつけたまま聞いた。

日が没し、さっきより夕闇が濃くなっていた。

「見逃してもらえませんか……」

「勝手なことを申すな。名はなんという？」

「吉之助《きちのすけ》と申します。どうか、お見逃しを……」

「寝言なら牢獄のなかでいうんだな」

吉之助の顔がさっと上がった。目が濡れていた。

「馬鹿なことをしたな」

菊之助は吉之助の刀の下げ緒を解くと、それで吉之助を後ろ手に縛った。次郎は石神を押さえたままだ。その石神と目があった。肩の痛みに顔をゆがめていた。

「医者に連れて行ってくれ。肩を斬られたんだ」

「こんなのかすり傷だ。舐めたことというんじゃねえやい！」

次郎が怒鳴って、ぐっと膝に力を入れて石神の背を押した。

「次郎、二人を連れて行く。立たせろ」

「へえ」

「石神、貴様のようなやつをなんというか知っているか……」

菊之助は蔑《さげす》み冷め切った目で石神を眺めた。

「……」

「恥知らずというんだ。たわけが」

吐き捨てた菊之助は、さっき吉之助が投げた包み金を拾った。紙を破ると、入っていたのは金ではなく土の塊《かたまり》だった。

「吉之助、端から石神を斬るつもりでいたな」

根岸吉之助はうなだれたままで返事をしなかった。

菊之助と次郎は、二人の罪人を筋違橋《すじかい》そば、神田花房町《はなぶさちょう》の自身番に留め置いて、秀蔵の到着を待った。

日はとっぷり暮れており、町屋の灯火が蛍のように浮かんでいる。空にはまたたく星と一緒に明るい月が浮かんでいた。

「もういいんですか？」

自身番の上がり框に腰をおろしている次郎が聞いた。

「あとは秀蔵にまかせる。おれたちの出番はここまでだ」

「これでまた横山の旦那の手柄ですね」

菊之助は黙っていた。

秀蔵はしばらくしてやってきた。がらりと戸を開け、菊之助を見るなり、

「……下手人を捕まえたそうだな」

穏やかな口調だが、秀蔵の顔はきりりと引き締まっていた。

菊之助は自身番奥にある板の間に顎をしゃくった。すっかり観念しきった根岸吉之助と石神助九郎がうなだれていた。

「調べをする。しばらく待っておれ」

菊之助にそういい置いた秀蔵は、居間に上がり込むと、書役をそばに呼び、二人の調べをはじめた。これは簡単な聞き取りであって、本格的な調べは牢屋敷内にある揚屋《あがりや》に身柄を移してからである。

上がり框で待つ菊之助は、吉之助と石神の供述に嘘がないか耳を傾けていたが、二人は秀蔵のものなれた訊問に、油紙に火がついたようにぺらぺらとしゃべった。

吉之助が犯行に及んだ動機は、博奕に負けた借金を返済するためであった。しかし、無役の身には金を用立てることが難しい。そこで思いついたのが札差を脅すことだった。

目をつけたのは父・吉五郎が出入りしている江橋屋だった。その江橋屋のことを吉之助は、札差とは名ばかりの高利貸しに、武士ともあろうものが頭を下げるのが許せなかったといった。

少なからず武士の矜持《きょうじ》は持っているようだが、結果的には人の道を外れたうつけ者である。

それでも人がいいのか、気が小さいのか、二百両は吹っかけすぎではないかと思ったらしい。音吉のことはそれとなく江橋屋を探っているときに知り、子供を人質に取れば、計画はうまく行くと思い実行に移した。ところが、いざ取引をする段になって、秀蔵ら捕り方の影を見てしまった。

自分のやっていることに初めて恐怖したのは、そのときだったらしい。音吉を返すことも考えたが、顔を覚えられた手前殺すしかなかったという。

それでも吉之助は良心の呵責《かしやく》に苛まれ、毎日生きた心地がしなかった。そんなときに石神助九郎が目の前に現れたのだった。

石神は、当初は素直な気持ちで音吉の下手人捜しをしていたのだが、吉之助に会ってこいつを金蔓にしようと考えた。案《あん》の定《じよう》脅しをかけると、その日のうちに吉之助は三両を都合してきた。しかし、それはほんの手付け金であって、町方の動きを逐一教え、身の安全を図ってやるからひとまず二十五両を渡せと要求したのだった。

二人の供述はおおむね菊之助の推測通りといえた。

石神から脅しをかけられた吉之助だが、もともと博奕の借金があるので金の工面など無理であった。結局、自分の身を守るためには石神に死んでもらうしかないと考え、今夕《こんせき》に約束を取り交わしたのだった。吉之助は石神を殺したら、そのまま江戸を離れる肚でいたらしい。

石神が音吉殺しの下手人を吉之助だと知ったのは、堀田原馬場の近くで自分のことを聞きまわっているところを見たからだった。

そのとき、石神はぴんと来た。こいつは音吉と自分が一緒にいたのを知っている。だから、自分の口を封じるために殺しに来たのだと。それで自ら近づいてゆくと眠っていた石神の記憶が蘇り、こいつが下手人だと確信し、吉之助を強請《ゆす》ったのだった。

また、紙屋の手代・清助の口を封じたのは、吉之助の申し出ではなく石神の一方的な考えだった。

下手人の顔を見ればきっとわかるという清助の証言を知ったとき、石神は殺意を抱いたらしい。団子屋のおこうに関しては、つづけざまに殺しをやっては足がつくだろうし、まだ少しの猶予《ゆうよ》があるはずだと判断して、放っておいたと石神はいった。

石神助九郎と根岸吉之助は、おおむねそのようなことを白状した。あとの細いところは牢屋敷の揚屋に移してから、秀蔵が調べることになった。

「正直なところ、この一件、片がつかねえんじゃねえかと思っていたんだ」

秀蔵は自身番の表に出てから菊之助を振り返った。

「まったく、おまえの手並みには感服《かんぷく》した」

「おまえにそう素直になられると、くすぐったくなるが、今回の手柄はお志津だ」

「お志津さんが……どういうことだ」

「男にはない、女の勘だ。ま、今度ゆっくり話してやる」

「……それじゃ落ち着いたところで、ゆっくり聞かせてもらおう」

秀蔵はそういってから次郎に顔を向けた。

「次郎、おまえにも礼をいわなきゃならねえな」

「いえ、そんな……」

「遠慮することはない。今回は褒美《ほうび》を弾んでやる」

「へえ、へえ」

次郎が恐縮して頭を下げると、秀蔵が罪人の縄尻を取っている手下に声を張った。

「引っ立てィ」

秀蔵を先頭に石神と吉之助がゆっくり足を進めていった。

小さな行列を町のものたちが遠巻きに見ていたが、やがてその一行は夜の闇に溶け込んで見えなくなった。

「さあ次郎、おれたちも帰るか」

「そうしましょう」

菊之助はふっと、夜空に向かって息を吐いた。

五

「だから申したでしょう。初めて会ったときから胡散臭いと思ったのです」

「今度ばかりは女の勘に畏《おそ》れ入った」

お志津の酌を受ける菊之助は、ようやく人心地がついた。

「それにしても、喜んでる場合ではありませんね。罪もない子供と真面目な手代さんが亡くなったのですから……」

「それを思うと気が重くなるが、下手人が捕まらないよりはましだ」

「……それはそうですけど、やはりねえ」

ごめんください、という声がしたのはそのときだった。菊之助と目を見合わせたお志津が、すぐに腰を上げて戸口に行った。

「あら、おてるさん」

「夜分遅くご迷惑だと思ったのですが、どうしてもご相談したいことがありまして……」

居間にいた菊之助は体を伸ばして、おてるを見た。目が合うと、ちょこんと辞儀をした。

「いいから入りなさい」

居間に上がったおてるは、仕事が遅くなってこんな時間になったと再度詫びた。

時刻は五つ半を過ぎていた。

「まだ宵の口だ。それで相談とは……」

菊之助はおてるをのぞくように見た。今にも泣きそうな顔をしている。

「誰にも話せる人がいなくて、思い悩んだ末に荒金さんに相談するしかないと思いやってまいりました。相談というのは、店のお金のことなんです」

「店の金……」

菊之助はおてるに茶を差し出すお志津と、一瞬目を見交わした。

「じつは半兵衛に脅されたとき、魔が差してしまい、つい店の金に手をつけてしまったんです。旦那さんも女将さんもまだ気づいていないようですけど、何とかしなければならないと思っているうちに……」

「店のお金って……いくらなの？」

お志津が訊ねた。

「半兵衛に脅された二十両です。そのまま使わずに、後生大事にここに持っているのですが……」

おてるは脇に置いていた巾着を膝の前に進めた。

「元のところにわからないように戻そうと思っていたのですが、なかなかそうすることができずに、ずるずると日ばかりがたってしまい、おまけに今日は……」

「今日はどうしたの？」

「縁談を持ちかけられまして。……旦那さんや女将さんの親切を目《ま》のあたりにすると、わたしはいいたいこともいえずに、もうどうしていいかわからなくなってしまったのです」

「縁談というのは卯兵衛の旦那からってことなんだね」

菊之助が口を挟んだ。

「はい。女将さんも是非にといってくださいました。そんな親切を受けると、自分のやってしまったことがいえなくなってしまいまして……」

「縁談の相手というのは誰だい？」

おてるは躊躇《ためら》うように顔を上げて答えた。

「……板前の弥吉さんです。年も同じぐらいだし、それに弥吉さんは以前からわたしのことを思ってくれていたらしくて」

「弥吉さんにいわれたのかい？」

「いいえ、旦那さんが代わりに話してくださいました」

「それでおてるさんの気持ちはどうなんだ？」

「わたしは……弥吉さんがよければ何も文句はありません。文吉も弥吉さんにはよくなついておりますし……でも、わたしは店のお金を盗んだ泥棒なのです」

おてるは堪《こら》えていたものが抑えられなくなったらしく、しくしく肩を揺すって泣きだした。

「おてるさん、何も悩むことはないわ」

励ますようにいうのはお志津である。

「正直に話しておしまいなさい。あなたにはのっぴきならない事情があったのです。そんなときには誰でも心を迷わせるものです。悪いことだと知っていながら、ついうっかりということはよくあることとです」

「でも、盗んだことに変わりはありません。……それにわたしはやくざに面倒を見られた女だし、息子の文吉はそのやくざの血を引いているのです。そんなこともあります。それに、わたしは前にも本当に申し訳ないことをして……」

「申し訳ないというのはどういうことだね」

菊之助はつとめて穏やかな顔で訊ねた。

「わたしは二人の子供を死なせてしまったのです」

「……それは自分の子かね？」

「いいえ。見も知らない百姓の兄妹でした」

おてるは武蔵野のある村で起きたことを話した。それはおてるの面倒を見ていた久蔵が殺された直後のことだった。

おてるは幼い文吉を背負って逃げ惑ううちに道に迷い、ある百姓家に入った。そのとき、竈の鍋にあった芋を食べてしまったと話した。

「寒くてお腹も空いていました。家の人には申し訳ないと思いましたが、あとで謝ればいいと思い、食べてしまったんです。でも、食べた芋はその家に残された幼い兄妹のものでした。それがもとであの二人は死んでしまったのです。わたしが芋を盗んだばかりに、大切な命を奪うことになったんです」

「もう少し詳しく話してくれない」

お志津の求めにおてるは、涙ながらに当時のことを詳しく話した。

「……死んでしまった兄妹は可哀相だけど、自分を責めることはないわ」

おてるの話を聞き終えたお志津は、凜とした顔でいってつづけた。

「その代わり、あなたには責任があります」

「……責任……」

「そうです。あなたはその兄妹のためにもしっかり生きなければならないという責任です。そうでなければ、二人の死を無駄にすることになると思わない？……その二人の兄妹によって今の自分がある、生きながらえていると思う心があるのなら、そうすべきです」

「……」

「いい、文吉ちゃんの親のことも、あなたがその兄妹の芋を食べたことも、そしてやくざな男に面倒を見てもらったことも、すべて話しておしまいなさい。もちろん、お金を盗んだ経緯もすべてです。正直に何もかも話してしまうのです」

「……」

「それで、玉亭のご主人や女将さんがわかってくださらなかったら、それはそれまでのことです。非はあなたにあるのですから」

お志津は最後に、

「肚をくくりなさい」

と、やさしくもしっかりした口調でいい添えた。

いつの間にか、おてるの涙は止まっており、何かに打たれたように目を瞠っていた。

「自分のなかにしまっていれば、いつまでも心は晴れないわよ。さらけ出してしまえば、すっきりするというものよ」

おてるは膝の上の手をもじもじさせて躊躇《ためら》った。

「わかりました。明日わたしが一緒についていってあげます」

お志津がきっぱりといえば、おてるが慌てて顔を上げた。

「そんな……」

「店は夜は忙しいだろう。昼間に会ったほうがいいな。おてるさん、差し出がましいことかもしれないが、わたしも一緒に行くことにする」

菊之助も言葉を添えた。

六

翌日、菊之助とお志津は昼前に家を出た。おてるが店を訪ねるなら、玉亭の主・卯兵衛が仕入れから帰ってきたあとがいいだろうといったからであった。

お志津は常になくきちんとした身なりに整え、菊之助は着流し姿だった。店を訪ねると、おてるが客間座敷に通してくれた。すぐに卯兵衛とおしんが姿を見せた。

「おてるからお二人が見えるという話は聞いておりましたが、はてさてどんなご用件でございましょう」

卯兵衛がにこやかな顔で、菊之助の前に座った。おもむろに煙管に火をつけ、余裕の顔である。おしんも柔和《にゅうわ》な笑みを浮かべていた。

「話の前に、これはわたしの連れ合いでお志津と申します。今後も何かとご面倒をおかけすると思いまして、今日は挨拶を兼ねて連れてまいりました」

「お志津でございます。玉亭さんにはひとかたならず目をかけていただいているときいております。どうぞ、今後ともご贔屓《ひいき》のほどよろしくお願いいたします」

「そんな大袈裟なことではありませんよ。わたしは荒金さんの仕事に惚れているだけでございますので、それでお話とやらを……」

卯兵衛は仕込みがあるはずだ。あまり長居はできないと察した菊之助は、早速本題に入った。

「じつは他でもありません。おてるさんのことです」

菊之助は茶でもてなしていたおてるを見てから、また卯兵衛とおしんに顔を戻した。

「わたしは、おてるさんとじつは八年ぶりに会ったんでございます。まったくの奇遇としかいいようがありません。このことはかまえて他言すまいと思っていたのですが、わたしは元は郷士《ごうし》の出です。おてるさんと出会ったのは、八王子のとある道場で師範代を務めておりましたころです」

菊之助はそう前置きすると、八年前の出来事を話し、その後、自分が研ぎ師になるまでのことを簡略に説明した。

卯兵衛もおしんも黙って耳を傾けていた。

「思わぬ再会でしたが、ふとしたことで、いただけない男を知ることになりました。そのものは半兵衛と申す与太者《よたもの》です。その与太者が、おてるさんを強請《ゆす》っていることをわたしは知ったんでございます」

「なに、そんなことが……」

卯兵衛はおてるを見て、煙管を灰吹きに置いた。

「与太者はおてるさんの過去を黙っている代わりに、二十両をよこせと脅したのです」

「おてるの過去……」

卯兵衛が眉宇をひそめるのに、

「おてるさん、正直にお話しなさい」

と、お志津がうながした。

おてるは居ずまいを正すと、自分がやくざに面倒を見られたこと、文吉がそのやくざの子であることを話した。

聞いている卯兵衛は表情ひとつ変えずに聞いていたが、おしんは何度も驚いたように目を瞠り、口を丸くした。

「わたしは、そんなならず者の世話になった女です。それなのに、旦那さんにも女将さんにも本当によくしていただきました。このことはいつも感謝していることですが、半兵衛に強請られて困りに困った挙げ句……わたしはつい……」

おてるは口ごもった。唇を嚙み、泣きそうな顔になる。

「つい、どうした？　みなまでいいなさい」

卯兵衛がうながした。

「店のお金を……二十両盗んでしまいました。そのつもりはなかったのですが、つい魔が差してしまって……申しわけございません、ほんとに申しわけございません」

おてるは畳に額をこすりつけ泣いて謝った。

「……でも、お金はそのままここに持っております。こんなことで許してもらえるとは思いませんが、本当に申しわけございませんでした」

おてるは懐に入れていた二十両を卯兵衛に差し出した。その紙包みは、卯兵衛とおてるの真ん中にぽつんと浮いたように置かれたままだった。

「半兵衛という男に強請られて、店の金に手を出したのだな」

卯兵衛の表情はわずかに険しくなったが、口調は静かだった。

「はい。申しわけございません」

「そうか……」

「そんなろくでもない女なのに、旦那さんはあくまでもやさしく接してくださり、おまけに縁談話まで……」

ううっと、おてるは嗚咽《おえつ》を漏らした。大粒の涙が、畳に音を立てて落ちた。

「おてるさん、もうひとつ忘れていることがあります」

お志津が声をかけると、おてるは泣き濡れた顔を上げ、百姓家で芋を盗んだことで幼い兄妹が死んでしまったことを話した。

「わたしはどうしようもない悪い女です。ひどい女です……」

すべてを話し終えたおてるは、あとはすすり泣くだけであった。

菊之助とお志津は何も口を挟まなかった。

客座敷はおてるのすすり泣き以外は、静謐《せいひつ》な空気に包まれていた。卯兵衛は黙したまま腕を組んでいたが、やがてその腕を解き、菊之助とお志津に目を向けた。

「それで、お二人はおてるのために、ここにおいでになったわけですね」

「さようです。八年ぶりの再会は奇縁と申すほかありませんが、これも何かの因《いん》果《が》でしょう、わたしどもはおてるさんの後見人になろうと思っているだけでございます。ただし、旦那が許さないとおっしゃるのであれば、それまでのことです」

「おてるさんは、その覚悟もいたしております」

お志津がいい添えた。

卯兵衛は小さくうなずいた。それから静かにおてるに目を向けた。

「……おてる、顔を上げなさい」

いわれたおてるが恐る恐る顔を上げた。

「……よくぞ話してくれた。さぞやつらい思いをしていたのだろうな」

泣き濡れたおてるの顔が、はっとなった。

「金は盗まれるようなところに置いていたわしらが悪いのだ。おまえさんがいうように魔が差したというのも、事情を聞いてわかった。それに、おまえはずいぶん苦しんで、その金を手放さず、そしてこうやって返してくれた。なかなかできることではない」

「……そ、そんな」

「それでおまえさんの昔のこともよくわかった。文吉がどんな生まれなのかも心得た。だが、それがどうしたというのだ」

「えっ……」

「これまで苦労してきた分、幸せになる気はないか？」

「……あ、あの……」

言葉のつづかないおてるにはかまわず、卯兵衛は手を打ち鳴らして板前の弥吉を呼んだ。弥吉は前垂れで手を拭きながらやってくると、そばにかしこまって座った。

「弥吉や、おまえはおてるさんと一緒になりてえといったな」

「あ、はい」

突然のことに弥吉は面食らった顔をした。

「だがな、おてるさんは事情持ちだ。やくざの世話を受けた女だ。文吉もそのやくざとの間に出来た子だ。何もかもおてるが話してくれた。それでもおてると一緒になりてえという気持ちに変わりはねえか？」

弥吉は目をしばたたかせ、おてるを眺めた。それから息を吸って、

「……あっしの気持ちに変わりはありません」

と、はっきりといった。

その言葉におてるの顔が持ち上がった。

「おてる、おまえはどうだ？」

「旦那さん。それじゃ、わたしを許してくださるのですか？」

「そんなことを聞いてるんじゃねえ。弥吉と一緒になってもいいかと聞いてるんだ。おまえの後見だとおっしゃる、荒金さんとおかみさんもおられるのだ。恥をかかせるんじゃねえぜ」

「わ、わたしは、弥吉さんがいいといってくだされば、何も申し上げることはありません」

「よし、話は決まった」

卯兵衛は大きな声でいって、破顔《はがん》した。

菊之助とお志津は、ほっと胸をなで下ろすと同時に、卯兵衛の大きな度量に頭を下げるしかなかった。


しばらくして、菊之助とお志津は玉亭の表に出た。

空は真っ青に晴れ渡っており、春の日射しが降り注いでいた。

二人は春の陽気に誘われるように、駿河町の先のお堀端まで行って立ち止まった。

「……よかったな」

菊之助は日射しにきらめくお堀の水面を眺めながらつぶやいた。

「玉亭の旦那さんも女将さんも、思っていたとおりの人でした」

「一流の店を仕切る人間は、人も一流ということだろう。……それにしても、この度はお志津にはいろいろと教えられたよ」

「あら、何かしら？」

お志津は目を丸くして菊之助を見た。色白の顔はお堀の照り返しを受けていた。

「音吉殺しの下手人に気づいたのも、おまえさんの一言があったからだ。まったく女の勘には畏れ入った」

「あれまあ、そんなことでしたか……でも役に立ったのでございますね」

「大いにな。それから昨夜のことだ。おてるさんに、ああもきっぱりとはわたしもいえなかっただろう。だが、おまえさんの言葉に、おてるさんは心を打たれたのだよ。だから、決心がついたのだ。そして、結局はめでたく丸く収まった」

「ほんとですね」

「おいおい、他人事みたいに。わたしは褒めているのだぞ」

「だったら何かご馳走してくださいますか。お昼を食べ損ねているので、お腹が空きましたわ」

「いいとも、なんでも好きなものを食うがいい。今日は奮発してやる」

「あら嬉しい。いってみるもんですわね」

お志津は少女のように顔をほころばせて喜んだ。それからふと、お堀に目を向けて、

「菊さん、見て。とってもきれい」

それはおしどりの群れだった。番《つがい》になった何組ものおしどりが、優雅に泳い

でいた。

「おてるさんも弥吉さんも、あんな仲のいい鳥のようになればいいですね」

「きっとなるだろう」

「そうですわね。わたしもそう思います」

「さ、飯を食いに行こう」

「菊さん、わたしたちってどうなのかしら……？」

「何のことだい？」

「おしどりですよ」

「……さあ、どうだろう。さあ、飯だ飯だ」

菊之助は照れを誤魔化して歩きだした。

「菊さん、どうなんです？」

お志津が追いかけてきた。

そのとき、お堀のおしどりの群れが一斉に空に羽ばたいた。

二〇〇八年四月　光文社文庫刊

光文社文庫

長編時代小説
おしどり夫《ふう》婦《ふ》　研《と》ぎ師《し》人情《にんじよう》始《し》末《まつ》(七)　決定版
著者　稲《いな》葉《ば》　稔《みのる》

2020年10月20日　初版1刷発行

発行者　鈴木広和
印刷　堀内印刷
製本　フォーネット社

発行所　株式会社 光文社
〒112-8011　東京都文京区音羽1-16-6
電話（03）5395-8149　編集部
8116　書籍販売部
8125　業務部

ISBN978-4-334-79103-2　Printed in Japan

組版　萩原印刷